我的爸爸上電視了

花格子◎著
王淑慧◎圖

剛剛好

——推薦花格子《我的爸爸上電視了》

黃秋芳

世界上，很少有「剛好」的事。我們都在「不剛好」的時候，相遇，相聚，共有著太多、太少，太強、太弱，這時太認真、那時太隨便，這裡太剛烈、那裡太脆弱，這人太冷淡、那人太囉嗦……的「人生作業」，在恐懼未來、懊悔過去，以至於空耗著的現在，反覆擺盪。

等待、尋找，甚至去創造一個「剛剛好」的機會，是很苦很苦的事，可也在為了「幸福一家人」吃盡苦頭後，一起擁抱著的甜蜜，才讓人真切而深邃地感受，此生此刻的汗水和眼淚，剛剛好。

目錄

引子

我——潘詠心，從來沒有想過我那嚴肅得不得了的爸爸有朝一日也會上電視，而且，還會成為家喻戶曉的明星……

1 敗給妳了，糊塗蛋

在一個小周末的午後，門鈴響了，起身去應門的是詠心的媽媽——錦霞。

「有事嗎？」她輕聲細語，疑惑地問著站在門外的兩位陌生男子，直覺以為是哪裡來的推銷員。

「您好，我們是幸福電視台的『幸福一家人』節目，請問這裡是潘維剛先生的家嗎？」一位長髮男子非常有禮貌的答。

「是……」媽媽依然將門保持一個小縫。

「是這樣的，我是這個節目的執行製作人王明耀，因為你們寄出的報名表幸運地被抽中，不過單子上並沒有留下電話。我們很冒昧的前來，通知你們將可以成為我們節目第十二集的嘉賓，不知道，現在是不是方便進去談一談？」

媽媽這時才注意到，在這位製作人的身邊，還有一位助理模樣的年輕人，他反戴著一頂運

動帽，肩上扛著一架厚重的攝影機。

「請您們等一等。」媽媽轉身通過玄關，敲起了一扇房門，一邊敲，一邊低聲叫喚：

「維剛，請你出來一下。」

不久，一位面無表情的男子走了過來。

製作人注視著眼前這位男子，他的面容冷峻，眉頭深鎖，多年在電視台工作的經驗告訴他，這位先生正被什麼事深深困擾著。他很識趣地先陪上笑臉：

「您好，我們是『幸福一家人』節目，要來做一段採訪。不知道，現在是不是方便？」

媽媽在一旁很疑惑：「可是，我們沒有寄過什麼報名表啊？」

維剛一聽，客氣的頷首，「很抱歉，我看，是您弄錯了。」他打算關上大門，顯然，是在下逐客令了。

「請等一等，」製作人低頭看一份資料，接著說：「報名這個節目的叫潘詠心。這張是我的名片，如果確實有這件事，請儘快與我們聯繫，我們將會為你們保留這個資格一星期。真不好意思，打擾了！」

名片從鐵門的空隙傳遞到了維剛的手裡，雙方互有禮貌的點頭，結束了這次的會面。

「喀！」厚重的大門關上後，維剛又往房門走去，經過茶几時，他信手將名片丟進了垃圾桶。只說了句：「現在的詐騙集團，什麼花招都有。」

扛著攝影機下樓的助理有點兒氣惱：「他們的腦袋進水了嗎？我

們大老遠爬五樓來送禮耶！」

製作人明耀笑著拍拍助理的肩：「辛苦你啦，就當……給人家一次機會嘛！走，今日提早放工，請你去喝茶！」

天空飄來了一朵烏雲，兩隻烏鴉在那兒低空盤旋，「啊！啊！」，偶爾發出的響亮叫聲，就像童稚的嗓音一般。

詠心一邊嘟著小嘴，一邊踢著石頭。

她不想回家，她不明白回家有什麼好？每個人都像有心事一樣，都把自己關起來。尤其是爸爸，他以前才不是這樣！

「怎麼了啦，詠心？妳心情不好喔？」一旁的馨恬溫柔的詢問她。

「是啊！最近我爸爸的心情很差，搞得全家的氣氛都很糟。」她悶悶的說：「馨恬，這個社會上為什麼有那麼多人沒工作？」

「沒辦法啊，老師也說現在這個社會，失業率很高。」

「可是，你說大家沒錢，為什麼那麼多人在搶名牌包包呢？」

詠心趴在一間飯店的窗檯邊觀望，「為什麼這些餐廳常常客滿？為什麼五星級飯店睡一晚要好幾千元，每到假日還要提早預約？這個社會真的那麼窮嗎？」

「妳沒聽老師解釋？現在是M型社會，貧富差距很大的。不說這些啦……」突然，馨恬像發現什麼似的問詠心：

「妳的書包咧？」

詠心左看右看，果然看見自己的身邊只有餐袋。「難怪我一直覺得怪怪的。」

「妳放在哪裡啊？」

「我哪知道！」詠心歪著頭沉思，「我一點印象也沒有！」

「真是敗給妳了，趕快回頭找啦！」

回到校園，遠遠就看見訓導主任高老師，還在訓練他最鍾情的棒球隊。

高老師喜歡戴一副黑色墨鏡，雙手交叉在胸前。在這間學校，高老師的大嗓門「無人不知、無人不曉」，可是名氣響噹噹的凶老師。

「又漏接？耳朵有沒有在聽啊？告訴你要先跑到位，你以為你是職棒選手嗎？」

高老師又在吼了，他最討厭學生一副心不在焉的樣子，「小事做不好，大事就難成！」這是他常掛在嘴邊的一句話。

「咻～咻～」詠心用食指在眼前比劃著，想用念力把高老師拉回辦公室去。

耐心等了幾分鐘，高老師果然想起什麼似的轉身離開。詠心見機不可失，趕緊蹲下身子，閃進教室。

嘿嘿，沒丟沒丟，第二排第三個座位上，正端放著一個書包。呵呵！詠心真開心：「沒想到這次掉東西這麼快就找到！」

她背起書包，大搖大擺的走出來……

「妳！為什麼還沒回家？」高老師用手指著詠心。

「我……」詠心囁嚅著，她在心裡掙扎，要實話實說嗎？如果高老師知道她又忘記帶東西，會寬容她嗎？

「為什麼大家都走了，妳還在這裡？」

啵！啵！操場上，傳接球的聲音是如此地有節奏，如此好聽。

詠心小心翼翼地回答：「我……回來拿東西。」

「說！妳這次又掉什麼？」

「書……書包。」

「書包——？？」高老師的語調忍不住提高了八度，顯然感到非常不可思議。「妳上次上學忘記帶書包來就已經夠離譜了，這次又忘記要背回家？潘詠心，妳下次要不要連自己都忘掉？」

「好，我會記住。」詠心畢恭畢敬地低下頭。

感覺過了一世紀那麼久，高老師才又開口說話：「趕快回家！」

「是！高老師再見！」

「呵呵呵～」馨恬約詠心跑了一陣子，終於放開手，忍不住大

笑：「妳真是天兵耶！剛才高老師問妳下次要不要把自己也忘掉的時候，妳竟然回答妳會記住。」

「我真的這麼說嗎？我以為他要我下次改進嘛，唉唷，」詠心用手掌遮住臉，「真是糗斃了！」

「沒關係啦，反正出糗對妳來說，也不是第一次了。你都沒看到，方才高老師的表情又要偷笑，又得忍住，實在是太有趣了。」

「我嚇都嚇死了，哪敢看他啊？不過，我今天沒被罵，真是太幸運了。嗨！」說完，詠心把雙手的掌心貼上了臉頰，捧著自己的臉蛋，像捧著一朵盛開的向日葵花。

每當她心情好的時候，就會這樣。

只是她不知道，她這一天的好運還不只有這樣。

2 真的抽中了我

「媽，我回來了。」

詠心一走進廚房，馬上聞到一股撲鼻的香氣。

「好香喔！」

看到桌上一盤熱騰騰的薯條正飄散出脆皮香，詠心忍不住抓了兩根，她對媽媽說：「我幫您試吃喔，看看有沒有熟？」

媽媽笑了，她想：貪吃就貪吃，說什麼試吃，這個鬼靈精怪的傢伙。

「對了，今天電視台有人來，說妳報名了什麼節目？妳不要整天胡思亂想，要多放些心思在課業上，懂——」

沒等媽媽說完，詠心就大叫：

「啊！您說什麼？電視台的人？他們怎麼沒有先打電話通知我？咦？電話，我好像沒寫電話號碼呢！不管啦，真的抽中我，真的嗎？實在是太棒了！」

詠心好興奮，她挨到媽媽的身邊，央求著：「快打我，快打我一下。」

媽媽有點無奈，她撩起詠心的瀏海，拍了一下她的額頭。

「喔，會痛呢，是真的！」詠心高興得在廚房裡跳舞轉圈，還跑去告訴電鍋：

「電鍋電鍋，你知道嗎？我被抽中了。」她簡直像隻快樂的小雲雀。

媽媽倒是一點笑容也沒有，她見詠心一副陶醉的模樣，忍不住皺起眉頭數落她：

「妳啊！不要小小年紀就學人家當追星族，做什麼明星夢。不好好讀書，寄什麼報名表？」

「不是這樣的，媽媽，這個節目好得不得了，只要我們能夠達到他們規定的要求，我們全家每一個人都可以得到獎品的。」

「哦？什麼獎品？」

媽媽的反應還是很冷淡，這陣子她有些心力交瘁，沒什麼時間去留意電視。她直覺也以為，能吸引小孩子的大概就是某一台的兒童節目。

「是總價值二十萬元的獎品哪！哦，好像在作夢一樣。」詠心瞇起大大的雙眼，一臉幸福的傻笑。

這時，她覺得應該要與更多人分享，便打開了身邊的冰箱門，將頭探進去：

「冰箱大哥，你知道嗎？我真是個幸運兒！哈囉！玉米大叔、紅蘿蔔小姐，我被抽中了喔，恭喜我吧！」

詠心覺得這會兒，連平時看到都會惹得她唉聲嘆氣的苦瓜，也不那麼惹人厭了。

「把冰箱門關上，別浪費電！」媽媽看著詠心的行徑，有點啼笑皆非。

懷上這個孩子，純粹是個意外。老大明峰和老二詠慧就差了六歲，原本想，一男一女足夠了，沒想到隔了五年，又有了詠心，當時媽媽都四十歲了，猶豫著是生下好呢？還是拿掉好？

「當然是生下好啊！」詠心聽到媽媽和她說這一段故事的時候，想都不想就這麼回答：「我這麼可愛，當然要把我生下來！」

是啊，可愛是可愛，但媽媽總覺得詠心平時神經兮兮的，有點兒過度的樂觀。曾經，她和維剛還在討論，這個孩子，到底遺傳到了誰？

媽媽低頭切菜，嘴裡說：「妳別把場面弄得好像獎品已經在妳手裡了好嗎？八字根本沒一撇！」

「媽媽您不知道，真的很難被抽中的。不信的話，今天星期五，這個節目每個禮拜五晚上七點半播出，您可以看看。」

碰巧這時候，詠心聽到開門的聲音，她猜想，一定是姊姊回來了。

「姊？」詠心興奮地提高音調，衝了過去。

「嗯。」姊姊在玄關脫鞋子，她輕輕回應著，聲音聽起來有些沉。

詠心跟在姊姊後頭，一路回到她們的房間，她神采飛揚的圍在姊姊身邊：「姊，我告訴妳，我今天好好運喔，我總共有兩件好運的事：第一，我放學回家忘記帶書包，可是……」

「詠心，」聽到這裡，詠慧已經忍不住轉過頭來，打斷了她的話：「我實在沒有空聽妳說這些無聊的事，等一下補習要考試，現在我要背書，妳最好不要吵，要吃飯的時候再叫我。」

說完，她自顧自地把英文書拿出來，口中念念有詞，已經完全忽略了詠心的存在。

詠心站在房門口，看著姊姊坐在書桌前專心背書的模樣，不敢打擾她。可是她實在很想和姊姊分享這份喜悅，上電視，拿獎品，這是老天掉下來的禮物啊！她不懂，為什麼姊姊不撥些時間聽她說說話呢？為什麼姊姊總是那麼忙呢？自從姊姊升上高中之後，每次她想找姊姊講一些心事，姊姊都會叫她去看書。

看書看書，看書真的有那麼重要嗎？

她退出房門，重新挨回母親的身邊，百無聊賴地剝著皇帝豆。每隔幾分鐘，詠心就瞄一下時鐘，心裡盤算著等會怎麼和大家說。

「媽媽，電視台的人還說些什麼？」

「他們說要替我們保留這個資格一星期。啊，對了……」

媽媽像想起什麼似的，放下手中的活，在客廳茶几旁的垃圾桶裡，翻出了一張名片。

「還好沒丟。」

詠心看看名片，上頭寫的是「幸福一家人節目 執行製作 王明耀」，她大吃一驚，「我真不敢相信，您們竟然把它丟掉？」

「妳爸以為是詐騙集團，妳也知道，最近詐騙集團的花樣很多。」

「是您們想太多吧？哪有全天下都詐騙集團啊？」詠心像個小大人似的搖搖頭，說：「不行，我看這麼重要的東西，還是要交由我來保管比較好。」

媽媽睜大眼睛看了詠心幾秒，好像對這句話有很大的質疑。

詠心很豪氣的擺擺手：「放心啦，我只是有一點小迷糊，但絕對不是大迷糊。這麼重要的東西，我『肯定』不會搞丟的。」

那肯定兩個字，還特別加了重音。

3 聽我說

盼啊盼，終於盼到了晚餐開飯。

大哥的位置是空的，他現在這份工作沒那麼快回家。沒關係，詠心等大哥下班回來再告訴他，雖然她不太敢斷定大哥會有什麼反應，但總而言之，這件事等會兒再操心。

腳步聲從房裡響了出來，詠心一顆心怦怦跳，等會兒即將由她來宣布她為大家爭取到的這項福利，他們全家就要上電視、拿獎品囉！

沒想到，詠心好不容易等到姊姊現身，發現她竟然連吃飯都帶著一本書。天啊，姊姊不但想一邊吃飯，還想一邊複習。真是夠了！

詠心探頭看了一下姊姊手裡的書，忍不住問：

「姊姊，這本英文書真的有這麼好看嗎？」

「不是好看，是不得不看！妳不要吵我，都是妳害得我背到一半，又得重來了。」詠慧瞪了詠心一眼，有一些些抱怨。

唉，看到姊姊這樣，詠心真怕上國中。

她覺得上國中、高中，真像把自己的頭放進虎頭鍘裡一樣。

「開鍘──」

唔～，想到就冒一身冷汗。

「高中的功課怎麼會那麼多啊？人家想跟妳講句話都不行。」詠心實在有些不開心。

詠慧也有點惱：「妳不要吵行不行？吃妳的飯啦！」

詠心嘟起了嘴，她想，像姊姊這樣努力，都不見得能考第一，那要她像姊姊這樣讀書，她大概不死掉也會先瘋掉。

報名表「確實」被抽中這件事媽媽已經知道，詠心轉移目標，對爸爸進攻，沒想到，她才喊了一聲：「爸爸」，爸爸就告誡她：

「吃飯的時候不要講話！」

真是氣死人了！

「可是我有很重要的事。」

「再重要的事也等吃飽飯再說。」

詠心這頓飯吃得難受極了，心裡有話，卻沒辦法說出口，憋著多難受啊！何況，這件事對他們家來說，應該是天大的消息吧！

「聽我說！為什麼都不聽我說呢？」詠心在心裡吶喊著，終於體會到，什麼叫做「好事多磨」。

她夾起一粒飯，塞進嘴裡，又慢動作的夾起兩粒飯，再塞進嘴裡……，她的眼睛溜溜的轉，在心裡頭鼓勵自己：「沒關係，機會總是有，我潘詠心可不能輕言放棄。」

像默劇一般的晚餐結束後，爸爸才沒有給詠心機會，他又回到了自己的房間。

詠心一邊洗碗，一邊問媽媽：「爸爸找工作還是不順利嗎？」

「是啊，現在社會上失業的人很多，妳爸爸又是中年才被裁員，要找到工作真的不容易。」

詠心覺得很奇妙，她記得小時候，經常看不到爸爸，總是不懂，為什麼他有那麼多忙不完的事、開不完的會？可是現在，爸爸經常在家了，卻一點兒也不開心，總是躲在房間裡。

詠心突然有了新發現：「難道，爸爸想當宅男？」

媽媽「噗哧」一聲笑了，她白了詠心一眼，柔和的勸道：「別開妳爸爸玩笑。」

詠心噤了聲，她記得媽媽以前說過，爸爸原本想在公司待到退休，那個公司他服務了二十二年呢！可是，換了一個主管，有了自己的人馬，就把爸爸調職了，那次調職表面上看起來像是升官，實際上離總公司又遠又沒有實權。爸爸嚥不下這口氣，就自動請辭了。

但詠心還是不理解：「爸爸以前賺不少錢啊，為什麼不能好好享福呢？雖然我現在還是『潘氏企業股份有限公司的高級米蟲』，但以後長大，也可以賺錢養家的啊！」

「什麼『潘氏企業股份有限公司的高級米蟲』？妳的頭銜還真

長。」媽媽真是又好氣又好笑，隨後無奈的表示：「妳爸爸以前賺的那些錢，現在不太能動。」

「為什麼？我這高級米蟲雖然能吃，也沒那麼會吃啊？竟然能把CEO（執行長）給吃垮？」

媽媽看了看詠心，好像在考慮著該不該繼續這個話題。

「好吧，原本我想，說了妳可能也不會懂，但有些觀念，妳們現在就應該知道。妳爸爸以前賺的錢，我們做了不少投資——股票、基金、保險，還向銀行貸款買房地產。景氣好的時候，帳目上是挺好看的，但我們錯在沒有獲利了結，後來景氣差了，愈賠愈慘，就更捨不得賣了。不過，向銀行借的錢，還是得還的。」

「所以我們賣了以前的大房子，搬到這層公寓來。」

「是啊，總得想辦法。在這個社會上，的確很多人在為『錢』這個字傷腦筋的。」

詠心覺得很奇怪，大人有心事為什麼都不說出來？簡直像個悶葫蘆一樣。

「很多時候，大人不會把心事告訴小孩子。」

「可是我們感覺到了呀！您們總是以為我們不懂，卻都把情緒帶給全家，都忘了大家住在一個屋簷下。」

「是爸爸媽媽不好。」

「我又沒有怪您們，只是覺得您們老是心事重重，有時還像隻刺蝟一樣。」

媽媽嘆口氣，若有所失的說：

「如果，一個人有一個結解不開，他就很容易困在那個結裡面，然後，把自己愈捆愈緊，愈來愈難解開了。」

4 挑戰

「幸福一家人」節目第二集選中的家庭來自南投，所要挑戰的超級任務是要背出全台灣火車站的所有站名。

西部幹線、東部幹線、南迴線，從特等站到三等站，依逆時針方向，一個站都不能漏掉，而且，背誦的時間須在一分半鐘之內完成。

準備的過程中，那位父親艱難的挑戰自己的記憶力。

大凡一個人通常有兩項學習能力，一是記憶力，一是理解力。根據人類學家和心理學家的研究，一個人的記憶力從三歲開始會迅速發展，至十三歲達到巔峰，之後，記憶力的曲線將逐漸下降，反之，理解力的曲線會慢慢上升，在十八歲之後逐漸成熟。可見，成年之後的記憶力是會衰退的，它是你無法掌控的自然成長現象。

接受挑戰的這位父親是個汽修工人，四十八歲。為了完成任務，他帶著小抄，工作時也背，走路時也背，連吃飯睡覺都不忘記要背。可以說，那一周七天，每分每秒都不忘記要背，有好幾回，就那麼背著背著睡著了。

背得滾瓜爛熟對一個十三歲的孩子來說也許很容易，但對他這個年紀而言，實在是太折騰了。從練習的影片中看到，這位父親經常背著背著忘詞，或者接到了前面的站名，又重新開始一段沒完沒了的輪迴。

這個家庭人口不少，三代同堂，一對夫妻、四個孩子加上爺爺奶奶，共有八人，選擇的獎品有冷氣機、微波爐、變速腳踏車……等等。

從電視的畫面看到，那位父親在背誦的時候，一家人在一旁緊張得說不出話來。所幸，那位父親雖然在中途有稍微遲疑了一下，仍然幸運的在驚險中，順利完成挑戰。

他的家人喜極而泣，現場不但歡呼、灑花、還拉響炮，全場陷入了歡欣的祝福與喜悅。

一個半小時的節目結束後，換成詠心的媽媽一臉陶醉了。

「媽媽，我沒騙您，能參加這個節目真的很棒吧？」

「嗯！」媽媽看節目看得投入，也被這一家人互助的真情所感動了。

「媽，您說爸爸會同意嗎？這個節目有一個規定，幸福一家人，必須全家人一起參與、一起出席。只要有一個人不能參加或者不願意參加，就得放棄。」

「詠心，妳為什麼想報名呢？是覺得好玩，想上電視嗎？」

「才不是呢！我是好羨慕電視上的那一家人喔，可以為同一件事一起努力，感覺他們好親密！所以，看完第一集，我就決定寫報名表了。」

聽完詠心的答案，媽媽靜默了，她陷入了自己的思考——

這些年，維剛在事業上努力，他一步一步的往上爬，升上了主管，有了權力和地位，可是，他失去了什麼？我們曾經住過大房子，擁有不錯的物質生活，但又有什麼是我們全家人難忘的共同回憶？我們的生活究竟需要什麼？又想要什麼呢？

此刻，維剛又為了明天的面試，在房裡準備，其實，面試了那麼多次，資料也沒什麼要準備的了，或許他應該調適的是自己的心情。過去，當分區經理的資歷讓他綁手綁腳，現在應該不習慣也不願意去還就勞力的工作了。他在背負的，是自己給自己的壓力啊！

看到媽媽若有所思，詠心並沒有打擾她。她知道媽媽在看完這一集的「幸福一家人」節目以後，已經不再覺得她異想天開了。不過媽媽也強調，既然主角是爸爸，一切還是要以爸爸的想法為主，等他面試以後，再說吧。

夜深了，睡在下鋪的詠心看到姊姊終於忙完瑣事，爬上上鋪，忍不住喚她，她好想跟姊姊說說話：

「姊——」

「詠心，妳還沒睡啊？我好累，我先睡了。」

「先別睡嘛，我有話想跟妳說。」

「明天再說好嗎？我真的累了。」

唉！又是明天，又是一個無法說出口，無奈的感覺。

「好吧，睡吧！」詠心告訴自己，相信明天又是新的一天，又會是一個全新的開始。

躺在床上，她拿出藏在枕頭下，那張明耀製作人給的名片，期待著會有更多的事情可以改變。

會的，一定會的，親了一下懷裡的小熊以後，詠心也累得翻身夢周公去了。

5 心結

不用問，看到爸爸開門回來時臉上的表情，以及他踉蹌的腳步，就知道面試的結果了。

過去的日子，經過了幾十次的面試，對方口氣好一點的，會說：「謝謝您，先生，請您再等候通知！」可是這種狀況，通常不了了之。

還有一種答案，是不必經過焦慮與忐忑的，對方不拖泥帶水，會直接告訴你：「很抱歉，不合適。」

看到這種情景，詠心知道，沒什麼好說的了。以往遇到這種狀況，爸爸都會沉默好一陣子，大家也會識趣的不說話。

不過這一次的狀況比較糟，因為爸爸和大哥又起了爭執。

這一天，大哥比爸爸早一步回家，他剛上完大夜班，身心都很疲累，整個人癱在沙發上。

爸爸一進門，看到大哥無精打采的模樣，直覺以為他剛起床：

「看看你，不要老是作息不正常，都幾點鐘了還在睡，像什麼話？」

明峰轉頭看了爸爸一眼，他懶得回答。

「看看你這種態度，去職場上誰會欣賞？」

大哥老大不高興了，他氣爸爸什麼狀況都搞不清楚，就開始數落人家，憑什麼呢？他看了一眼爸爸手裡的啤酒罐，哼了一鼻子氣：

「哼，你不要每次心情不好，就看別人不順眼。」

聽見這話，爸爸惱了：「什麼每次？這是你對長輩說話的態度嗎？」

見爸爸激動起來，媽媽趕緊出來打圓場：

「不是的，明峰才剛上大夜班回來。你們都累了，就少說兩句吧！」

「你看，說他兩句就不高興。以後要怎麼辦？」

「以後？」明峰說：「你可不可以不要每次都一副未卜先知的樣子？你可不可以不要總是喜歡安排別人的路？你認為是好的，不見得

對別人就是好的。」

家裡的人都知道，大哥對爸爸一直心懷芥蒂，當初國中畢業的時候，大哥想填職業學校，他想學一技之長，但爸爸不同意；高中畢業，大哥的志願是園藝，但爸爸認為沒有前途。「弄花花草草，只能當興趣。」爸爸堅持大哥要填醫，只能填醫。

大哥的分數達不到，只好去補習。

在補習班的日子，大哥變了，他不再對父親言聽計從。重考過後，再次選志願，他填了許許多多、密密麻麻的科系，好像要把第一次填志願時遺漏的，全都給補上，但他獨獨不填醫。

爸爸氣壞了，他發了好大的脾氣，狠狠揍了大哥一頓，大哥只是站著，也不反抗，任由老爸的拳頭和木棍像雨點一般打在他身上。

媽媽想保護，但爸爸不准，他滿腦子只想著：一定要好好教訓這個不肖子，誰都不可以阻止。

直到父親打累了，大哥才咬咬牙，冷冷的說：

「打夠了嗎？我可以走了吧！」

大哥的脾氣夠倔的了，但他也不好過，他上的學校，根本不是他的興趣。他純粹只想氣老爸，不惜用他四年的青春當代價。

這是何必呢？詠心搞不懂。

詠慧當時下了一個很好的註解：這麼做，只是兩敗俱傷。

大學畢業那年，大哥試了幾份工作，售貨員、營業員、電腦工程師……，但不是工資太低，就是和自己的志趣不合。沒有興趣做起來真的很不帶勁，明峰會問自己：這樣究竟在做什麼？就為了掙一點錢嗎？他的生涯規畫在哪裡？這樣勉強又可以撐多久？

明峰沒有撐太久，有一份工作和同事相處不來，有一份差事是工作時間太長，讓他老抱怨老闆沒人性。

他心裡實在不怎麼服氣，想起小的時候，每個人都告訴他，努力用功讀書上了大學，以後就會有好工作，可是，當他努力拚到了跨出大學這一步，卻發現，滿街都是大學生，自己也沒什麼不同！最糟糕的是，他沒有一技之長。

工作機會那麼少，大公司又要僱請廉價的外籍勞工，怎麼競爭？

就是想開一家店，也要有本錢。

他不明白，為何父親總認為是他的問題，有的時候，明明是整個大環境的問題。

媽媽說：「明峰，你爸爸是關心你。」

明峰不以為然：「為什麼他的關心，我總覺得是壓力。」

就像此刻，微醺的爸爸對媽媽說：「知不知道？我是為他好，希望這小子有所規畫，不要無所事事。」

明峰很激動：「很多事的主導權不在自己，決定權也不在自己。還有，現在是誰無所事事了？請你搞清楚再說！」

小的時候，爸爸媽媽最注重禮貌，詠心記得，他們被教育，與長輩說話或稱呼長輩時，一定要說「您」，可是大哥一路「你你你」，他已經不在乎了，他已經不覺得父親需要他的尊敬了。

明峰覺得爸爸說他「無所事事」，簡直太侮辱人。退伍之後，父親失業，為了有一份薪水貼補家用，為了累積工作經驗，他兼了兩份工。雖然每一份工作總是待不長，但他也是努力在打拚，哪裡無所事事了？

而爸爸聽到明峰說出「無所事事」這語詞時，也同樣拉下了臉。

這段時期，家人都知道爸爸特別敏感，找工作不順利已經很不開心，大哥這樣說，更是在傷口上灑鹽。

很奇怪的是，吵架的時候，當事人總是聽不懂（還是故意忽略？）對方話語背後的真正意義與關心，反而特別在乎那些傷人的關鍵字眼，然後深深的、牢牢的，把它嵌在心坎裡。

詠心覺得有一句話說得很對，那些我們不在乎的人是傷害不了我們的，能傷害我們的，都是我們深深在意的。

爸爸把手裡的空罐子扔出去，砸中了茶几上的玻璃杯，碎了一地。

他嚷嚷著：「你們太好命了是不是？敢這樣對我說話？」

父親的權威出來了，他要捍衛自己的尊嚴。

媽媽說：「別這樣，你們兩個現在說的都是氣話，氣話怎麼能當真呢？明峰，趕快向你爸爸道歉。」

道歉？明峰可不願意，他把頭甩向一邊，心想：這件事，分明就是爸爸不對，我好好的躺在沙發上休息，有什麼錯？這件事是他先惹起的，沒理由要我道歉。

明峰的心裡有一把火，一把無名的火，很想要爆發。

面對這樣無禮的對應，爸爸突然感到很痛心：「你們看，辛辛苦苦養這樣的孩子長大，有什麼用？」

「是，我最沒用！」明峰忿忿不平的道：「不要自己不如意，就看我不順眼，這樣的家，我待不下。」

說完，明峰抓了件外套，奪門而出。

父親和大哥的爭吵，詠心和詠慧都看在眼裡。詠心覺得父親和大哥就像兩頭咆哮的獅子，他們脾氣暴躁，他們互不相讓，但究竟是為了什麼？曾經是最愛的一家人，不是嗎？她在一旁等著他們平靜，就像暴風雨總會過去一樣。

詠慧則是異常的冷靜，和以前不一樣的是，以前她總會開口說一些大道理，但這次她什麼話也沒有說，只是盯著他們父子倆爭吵，像一個純粹看戲的旁觀者，好像已經習以為常，又好像事不關己。

那神情，訴說著冷漠，透露著一絲詭異。

看到明峰奪門而出，爸爸很氣憤，他轉身對姊妹倆警告著：「詠慧、詠心，妳們聽好，以後別像妳們大哥一樣，一事無成。」

說完，像一陣風似的，旋進了他的房裡。

詠心知道大哥才不是一事無成。她敬愛的大哥，她曾經喜歡膩在身邊的大哥，只是因為一時不順利。

他的心情不好，他需要一個出口。

6 光合作用

詠心很喜歡大哥的，記得小時候，她最喜歡大哥帶她去兜風。大哥從不對她管東管西，疾言厲色。他只希望詠心快樂，他覺得成長的時候，沒有什麼比快樂更重要。

詠心和大哥相差十二歲，大哥成了名符其實的「大」哥哥。他陪詠心玩，教她下棋、游泳、騎腳踏車……。青春年少，正是活力充沛的時候。在詠心的印象裡，大哥永遠都有新點子：

「我們今天去……」

大哥長大了，他在主動探索周遭的未知，也帶著詠心，開拓著她的視野，觀看著這個新奇的世界。

不管大哥是騎腳踏車，還是滿十八歲以後，正大光明的騎摩托車，詠心總是坐在後座，摟著大哥的腰，迎著風，一路呼嘯。

「哇！」一排排的路樹，一大片田野，一一從身邊掠過。

「哈囉，你好！」、「大樹，再見！」詠心覺得外面的世界好遼闊。

「來，向著陽光，把手臂張開。」大哥喜歡停在草地上。

「這是做什麼？」

「光合作用啊，現在很流行的。」

於是，他們張開雙臂，打開雙腳，像一朵向日葵一樣，一大一小的兩個人影，就這樣面對著陽光，接收著能量。

「晒太陽讓我覺得很舒服，來，詠心，想像著陽光照在我們的身上，給我們很多能量。」

「好，我覺得我好像穿著光的衣裳。」

大哥笑了，他拿出一把小墨鏡，「記得太陽光強的時候，要戴上這個。」

也許是經常光合作用吧，詠心記得當時大哥的手心總是暖暖的；陽光，也總是暖暖的。

她和大哥之間有很多祕密的，媽媽不讓詠心常常吃冰，大哥就帶她去，不過點一碗冰，大哥總會說：

「妳要分我吃。」然後三兩下，就吃掉三分之二。

剩下三分之一剛剛好，一碗冰，詠心也吃不完，不過每次大哥張開大嘴要先吃掉的時候，詠心還是很緊張：

「小口一點啦，不要吃光光。」

大哥總會嚇唬她，一個嘴巴，張得好大。

媽媽不喜歡詠心到處跑，大哥總會藉著買東西修東西的名義，帶她四處晃。

「走，詠心，跟我去修東西。」

這「修東西」成了他們之間其中的一個暗號。連媽媽都好奇，怎麼明峰的東西時常壞，一會兒修車、一會兒修錶。東西修得差不多了，就買東西，反正家裡和學校，時常需要買東買西。

阿拉伯有句諺語說：「你若不想做，會找到一個藉口；你若想做，會找到一個方法。」大哥想帶詠心出去兜風，這有什麼難，方法總是特別多。

在同學的眼中，詠心是一個古靈精怪，什麼都懂一點，但什麼都不太精的那種。而懂得的那一點皮毛，多半是大哥教的。

詠心參與過許多大哥的第一次，第一次偷偷和朋友組樂團，第一次打架，第一次送情書，第一次和喜歡的女生看電影……，這些畫面都歷歷在目。

還記得大哥讀高中的時候，迷上了彈吉他，自彈自唱不夠，偶爾還翹課，和朋友一起練團。大哥曾經作過一首歌，自己譜曲填詞，歌名叫做「向日葵」。他就那麼一句一句，教詠心唱：

迎向朝陽　給我力量
向日葵　向日葵花
我旋轉身體　接收光亮

張開雙臂　讓愛飛翔
向日葵　向日葵花
我純淨呼吸　拋開憂傷

與晴光相逢　訴説情話
向日葵花
最美的　仰望
青春的夢想　飛揚

歌詞很柔和，旋律卻很rock。當時，許多年輕人都幻想自己是一個rocker，明峰也不例外。

他問詠心：「好聽嗎？」

「好聽！」

詠心很崇拜大哥，覺得大哥真是多才多藝，什麼都懂。

詠心會騎車，大哥教的；詠心會游泳，大哥教的；詠心會下棋，從黑白棋、西洋棋到將軍棋，都是大哥教的。前不久，老師說班上要才藝表演，詠心表演的魔術，那一兩招，也是大哥教的。

魔術的內容其實很簡單，卻把同學唬得一愣一愣的。

那一天，他們看詠心拿出一副牌，由上依序翻出二十張，擱置在一旁。接著，翻出手中的三張牌，擺放在桌上，每一張從本身的數字往下接，一直數到十三。這時，將手裡剩餘的牌與剛才擱置的二十張牌重疊好，請觀眾幫忙將桌上三張牌的數字相加，比如加起來的數字是二十六，那麼，你將可以很確定的宣布第二十六張牌是什麼。

身為表演的魔術師，當然必須神祕、自信、又有架勢：「我說，第二十六張牌一定是……」

有時候她也會模仿大魔術師這麼說：「接下來，是見證奇蹟的時刻……」

詠心將手裡的牌依序秀出作驗證，最後的答案一定和剛剛預測的一模一樣，屢試不爽。

同學覺得詠心好神：「傑克，妳真是太神奇了，妳怎麼會知道？」

呵呵～，同學問的話和詠心當時問大哥的話一模一樣。還是數學老師比較聰明，他說，這只是一個數字排序的遊戲。

在好朋友馨恬的窮追猛問之下，詠心公布了祕密，訣竅就在於，當你一開始要翻二十張牌淘汰的時候，心裡記住第十張的牌就對了，答案就在第十張。

「就這麼簡單？」馨恬這麼問詠心，詠心也是這麼問大哥。

「沒錯！就這麼簡單。」詠心這麼回答，因為大哥也是這麼回答。

人家說：「江湖一點訣。」果然一點都沒錯，破梗了，一點稀奇也沒有。

還有一回，大哥拿來十元硬幣。

「看清楚囉！」他虛張聲勢的，手心抖動的想把十元硬幣像存錢一樣塞進額頭裡，一會兒，他比劃兩下，攤開手心，硬幣果然不見了，手心裡什麼都沒有。

「錢幣呢？」詠心覺得太不可思議，她翻看大哥的左手、再翻看他的右手，甚至檢查起他的大頭。沒多久，大哥又虛張聲勢、手心抖動的把十元硬幣變出來，沒有破綻的。原來大哥不知道什麼時候，已經神不知鬼不覺的把十元硬幣放在後面的衣領了。

「你騙人！」詠心抗議著。

大哥笑著回答：「魔術當然是騙人的了，難道你以為我有特異功能啊？」

7 黑洞

回憶很甜蜜，很美好，不過，年輕氣盛的大哥，也有年少輕狂，打群架的時候。

那次事件的起因，在於他們假日在校園做成果展排練時，有人故意向他們樂團挑釁：

「唱那什麼？鬼吼鬼叫的。」

大哥他們無意惹事，但那群人，就想挑戰他們忍耐的極限。他們咆哮、鼓譟，甚至無禮的碰觸他們的樂器。

樂器就像俠客行走江湖的武器一樣，哪裡可以讓人隨便開玩笑？鼓手、吉他手的怒氣已經來到了臨界點，大哥也不遑多讓，他摔了揚聲器，大步衝過去，一拳打向了對方的鼻心。

對方的人全衝了上來，他們就是在等這一刻。

那一次的鬥毆，大哥的嘴角、手臂都掛了彩。

一旁的詠心看到這樣，嚶嚶的哭了起來：「嗚～大哥打架，大哥不乖！」

大哥看到詠心哭就沒輒：「好好好，不哭。雖然有些人真的很欠揍，但我答應妳，以後不打架了。」

他真的很信守承諾。

高二下的時候，大哥喜歡上隔壁班的一個女生。有一天，大哥牽著詠心的手，在一個十字路口的轉角等那女孩，大哥拿了一封信，請詠心幫忙送過去。

女孩騎著一輛粉紅色單車，停在了便利商店門口。當時詠心六歲了，她看著信封上的名字，兩個字——「方晴」，她認得。

女孩沒有拒絕，詠心還當起了小電燈泡，和他們兩個一起去看電影，不過，她不記得片名叫什麼了，只記得，內容挺無聊，她全看不懂。

「噓！」有時候，大哥會提醒詠心，這些事不要告訴爸媽，詠心總會很識趣的，小小聲的說：

「我知道，這是祕密。」

是祕密，她覺得和大哥之間，是有一些革命情感的。

老師常常給詠心的評語是——「開朗樂觀」，

詠心覺得自己這樣的性格，有很大一部分來自於大哥的影響，是大哥帶她去看遼闊的草原和天空，讓她覺得小小的不如意沒有什麼大不了；是大哥帶她去見識許多新奇的事物，讓她知道這個世界是多采多姿，如此美好。

考不上爸爸心目中理想的學校，大哥進到了補習班，從那時候起，大哥和詠心相處的時間便明顯減少了。

到外地讀大學、入伍、工作，這些年的時間，他們偶有機會相處，大哥仍然疼她，喜歡摸摸她的頭，摸摸她的小臉頰。可是，詠心覺得大哥不再像從前那般開朗了，也缺少了那股「勇往直前」的衝勁。

詠心問：「大哥，你不開心嗎？」

大哥幽幽的答：「我覺得自己的身體裡住著一個黑洞。」

「那是什麼？」詠心有點緊張，以為大哥哪裡生病了。

「別緊張，那只是一種比喻，有時候我會很快跳出來，但有時候不行。」

詠心直到升上高年級，才稍微能理解大哥說的黑洞是什麼，那應該是一種不開朗的情緒，卻像漩渦一般具有拉力，不斷拉著你，往下再往下，朝黝黑又深不見底的洞穴去。

因為爸爸和大哥的爭吵，讓一個本來令人興奮又期待的周休二日，變得烏雲密布，一場風暴過後，又有如秋天般的冷清蕭索。

一個令人興奮的消息，一個迫不及待想分享的心情，全都煙消雲散了。詠心盯著明耀叔叔的名片，她問自己：該讓這個機會溜走嗎？

這是一個很難得的機會，詠心知道，但是，一切都還沒有開始呢！

沒有參加節目錄影，沒什麼大不了，就當自己根本沒抽中。因為本來就沒有擁有的東西，也就稱不上失去，就像沒有希望，也就不會失望一樣。

可是，眼前的家像一個家嗎？家不是一個提供避風的港口嗎？不是一個溫暖舒適的巢穴嗎？為什麼在這裡頭的人都不是非常快樂。是什麼樣的氣氛在這樣的空間裡瀰漫著？

如果你不喜歡一個東西，你大可以放棄它；如果你不喜歡一個地方，你大可以遠離它，但是家呢？你可以就這樣決絕的拋棄它？毫不留情的遠離它嗎？

詠心覺得自己做不到，她捨不得，也放不下。

8 為什麼

周一一早，鬧鐘響起，上學吧，又是一個循環的開始。

詠心也有周一症候群的，她躺在床上，賴了一下床，但突然覺得有什麼東西從上滴下，是天花板漏水嗎？可是這兩天並沒有下雨啊？

伸手一接，水滴是紅的，怎麼

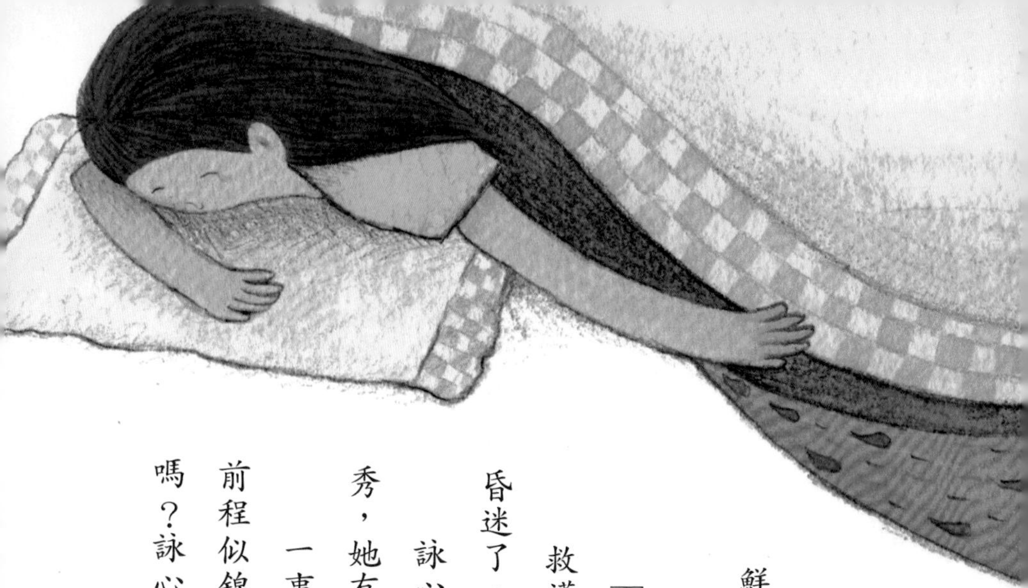

可能有水彩？

詠心抬頭一看，發現姊姊的手腕懸著，鮮豔刺眼的紅啊，正從那兒流淌下來。

「姊？姊？……媽——」

救護車來了，包紮後的詠慧被抬上了擔架，她昏迷了。

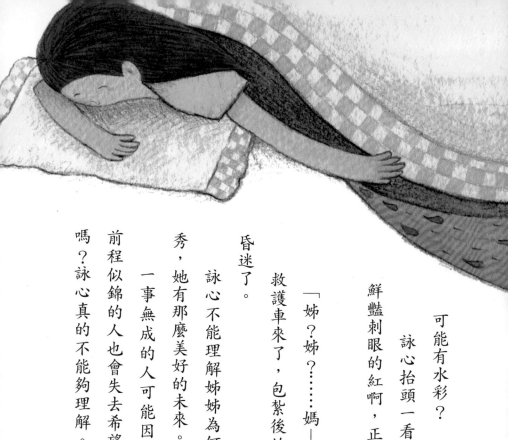

詠心不能理解姊姊為何要這樣傻？她是那麼優秀，她有那麼美好的未來。

一事無成的人可能因為自暴自棄而自殺，但前程似錦的人也會失去希望，走向毀滅自我的道路嗎？詠心真的不能夠理解。要自殺，應該也是走向絕境的人吧！

醫生問媽媽：「知道自殺的原因嗎？要好好開導一下。她不但割碗，還服了安眠藥。」

「我也不曉得，我這個女兒對自己的要求一向很高，不知道是不是壓力太大？」

詠心看看病床上正在休息的姊姊，她的臉色好蒼白！

姊姊是學校的模範生，也是家裡的模範生，從小，爸爸媽媽就告訴詠心，要多向姊姊看齊，姊姊一向知道自己要什麼，她很有目標，很好勝。從小到大，她的成績總是名列前茅，名次從來沒有掉過三名以外。

姊姊的導師前來探望她，他戴著一副眼鏡，瘦瘦高高的，說話慢條斯理。老師關心的問：「還好嗎？」

媽媽轉述了醫生的話：「幸好發現得早，幸好傷口沒有太深。」

一直坐在一旁低頭不語的爸爸此刻站起了身，他問老師：「詠慧最近在學校有什麼不對勁嗎？」

老師說：「看起來都正常，成績也維持得不錯，不過最近一次的模擬考有考得比較差，低於她的水平。平常她比較獨來獨往，話不多，笑容也少。」

導師反問爸爸，詠慧在家有沒有寫日記的習慣？有沒有什麼情感上的困擾？

「詠慧有沒有寫日記的習慣？」這個問題把爸爸給難倒了，他真的不知道。他不知道有多久沒有進到姊妹倆的房間，和她們話話家常了。平時他最常做的，就是叮嚀她們：

「記得把書讀好。」

好像活著最重要的事，就只有讀書一樣。

詠慧醒來，她睜開雙眼，正好聽見導師和媽媽小聲地在討論：究竟是課業、感情還是同儕關係，讓她突然這樣想不開？詠慧沒有回應，她也不想解釋。

「妳醒啦？覺得還好嗎？」爸爸關心的問。

詠慧點點頭，她接收到了爸爸關心的眼神，那眼神很陌生，許久不見，卻是那樣真切。

媽媽跑了過來，握起了詠慧的手，她說：

「傻孩子，以後別再這樣想不開了好嗎？妳知不知道我們有多擔心？有什麼事情過不去呢？都會過去的。」

詠慧靜靜的，似乎想說什麼，但終究沒有開口。她輕輕轉過頭，低語著：「您們不要管我好不好？」晶瑩的淚珠滑下了她的臉頰，也流進了她的心。

媽媽看了難過，趕緊抹去詠慧的淚水，「妳別哭，哭會傷眼睛，傷身體。沒事了，都沒事了。」

但是淚水如法水，洗滌著詠慧的思慮，再沒有一刻讓她比此時更清醒：原來大家是如此關心她，而她，到底在做什麼？

導師輕輕拍了拍她的肩，柔和的說：「好好休息。」

「謝謝老師。」聲音極輕的。

當老師轉身要走，詠慧叫住了他，她虛弱的問：「老師，可以……不要讓同學知道嗎？我還沒有準備好。」

「我知道。」導師知道詠慧一向是個好勝心強的孩子，她希望自己在人們面前的形象都是優秀的、完美的。

「妳安心休養吧，別想太多。」

出院了，回到家，媽媽打算為詠慧請幾天假。

「什麼都別想，沒有什麼比身體健康更重要了。」

爸爸問：「想吃什麼？儘管說，我去買。」

其實，詠慧從醒過來，一直沒有說過什麼話，她知道家人很想知道為什麼，為什麼她要想不開，到底是什麼困擾著她？但她不知道該怎麼說，他們愈關心她，愈對她好，她愈是歉疚。

此刻，爸爸在她的眼前關心的詢問她：「想吃什麼？」那記憶好久好久，依稀記得是幼稚園的時候，爸爸牽著她的小手，在一個攤販前等著。小攤販在賣什麼？是了，雞蛋糕。

「我想吃雞蛋糕，有哆啦A夢造型的那一種。」

「好，好，我這就去。」爸爸的神情，多麼欣喜。

深秋，風已涼，詠心怕姊姊受風寒，關上了窗。靜謐的夜裡，偶爾有車聲呼嘯而過，偶爾有不知名的蟲兒，一兩聲的在低低鳴唱。

9 游動吧，小金魚

一盆魚缸，送到了詠慧的眼前。

大哥說：「來，怕妳悶，這個漂亮的魚缸和兩條小金魚送給妳。」

「怎麼會悶？這兩天我都有陪姊姊聊天，說笑話給姊姊聽的。」詠心急忙反駁。

「喔！」外型消瘦的大哥點點頭，他說：「那看來我的禮物是選對了，為了怕這個房間噪音太多，所以我特別挑了一個會動的，又安安靜靜的金魚來陪伴妳。本來，我是要選小狗的，但心想，這房裡已經有詠心了，如果再加上小狗汪汪叫的話，就真是太吵了！」

詠心抗議了：「什麼啊？說我的聲音是噪音？不過說到小狗，跟你們說喔，前幾天發生了一件有趣的事：那一天我要上學，得過地下道，但是一隻小狗待在那裡，我好害怕喔！」

大哥說：「我知道，妳小時候被狗追過，心裡有陰影。」

「是啊，我怕牠咬我，加上我袋子裡有早餐，怕小狗搶。後來我鼓起勇氣走下地下道，那隻狗沒有追下來耶，我心想，原來狗狗不敢下樓梯啊，呵，正開心的從出口走出來，知道我看到什麼嗎？那隻小狗竟然已經在等我了，原來牠早就衝過馬路待在地下道的出口等我了，還歪著頭看著我呢！」

「哈哈哈，連小狗都比我們家詠心聰明，看來我拿詠心跟狗狗比，真是侮辱小狗了。」

「喂，大哥！」詠心真的插腰抗議了，「你怎麼和我們班那個蔡大勇一樣，愈來愈毒舌。」

一旁的詠慧終於被逗笑了。

其實當大哥知道詠慧這個消息的時候，他很想訓詠慧一頓的。但當他看到詠慧的臉色那樣蒼白，看到她手腕上包紮的傷口時，他知道，再說一些責備的話，也於事無補了。他只希望，她可以早一點從封閉的心靈走出來。

大哥伸手，撈出了魚缸裡的兩條金魚。

詠心大叫：「大哥，這樣會死的。」

離開水的金魚在桌上掙扎、甩動著尾巴。

詠心伸手要去救金魚，卻被大哥制止：「不要動！」

望著掙扎的小魚，大哥轉而對詠慧說：「詠慧，妳看到了嗎？就是一隻魚，都這麼努力地想要活著，牠們需要水才能夠自在的游，就像我們人類也需要生命，有了最根本的存在，才能夠實現自己的夢想，不是嗎？」

原來，大哥是別有用心啊！詠心一隻手伸在那兒，不知道到底是該救還是不救了。

詠慧那麼聰明，當然一點就通。「哥，我知道，我以後不會再這樣想不開了。」

「對啦對啦！」詠心說：「她那個時候是鬼打牆，以後那隻惡鬼不會再跑進來了。趕快把小金魚放回去啦，小金魚這麼可愛。」

詠心捧起了躺在書桌上，漸漸無法呼吸的小金魚，把牠們輕輕放回魚缸裡，重回魚缸的小金魚只約莫停頓了兩秒鐘，馬上振起尾巴，往前游動起來。

「你看你看，有水真好。」詠心拍手叫著。「小金魚啊小金魚，你們放心，從今天起，我會保護你們，再也沒有可怕的怪手會再把你們給挖起來了。」

「挖妳的頭啦！」大哥用食指和中指，敲了敲詠心的腦袋。

「唉唷！別把我打笨了。」詠心抗議道。

詠慧笑了，她說：「其實，最笨的是我，不是嗎？是啊，有水真好，活著真好。」她轉頭看了看窗外，樹影輕輕搖曳，天空蔚藍，和

煦的陽光灑在了窗玻璃上，一片明亮。

她知道，冬天已經過去，春天就要來了！

10 一念之差

深夜，詠慧發現睡在下鋪的詠心還睜著眼，忍不住來到她的身旁。她們姊妹倆自從搬了家，一直是睡上下鋪，難得有這樣的機會，可以擠在一張床。

「姊，小心妳的手啦，還痛嗎？」

「痛啊！不過這是自找的。」

「親愛的小熊幫妳呼呼。」

詠慧笑了，她接過詠心遞來的小熊，回想起出事的前一刻，她滿腦子只有失望，以為結束自己之後，什麼都可以不用管，什麼都可以不用煩，後來才知道，這樣的想法根本是錯的。

現在她真的很開心，她還在這裡，她沒有被死神給帶走。

面對死亡需要勇氣，到底是為了什麼讓她可以不顧一切？詠心看著姊姊，雖然她也很想知道答案，但她還是沒有問，他們全家都相信，等姊姊想說的時候，她會說的。

詠慧當然知道大家對她的關心與疑問，這兩天，她也問過自己為什麼？思緒整理了一下，她想，癥結應該還是無意間在廁所裡聽到的那些話吧——

那一天，同學以為她不在，在洗手間裡談起了她。

「她以為她是誰？長得不錯有什麼了不起？功課好有什麼了不起？為了那一分和老師計較那麼久，看了就噁心，我才不想和這種人做朋友。」

大家你一言我一語，詠慧在廁所裡聽得不知道有多難受。她也很想出來為自己辯駁，憑她的口才，可不見得會輸。可是，她終究沒有那麼做。

從小到大，大家都說詠慧優秀，她承認自己很理性、很有求知慾，但她自問，自己真的很喜歡讀書嗎？她和老師討論的，不是那一分的分數，她沒有計較，只是想要釐清真相，她覺得標準答案還值得探討。可是別人看到的只有表相，他們真的了解她嗎？

當他們出去玩，在聊天安逸的時候，她必須要逼自己去面對有時非常無趣的功課，他們知道她這麼努力是為了什麼嗎？

這次模擬考考不好，詠慧的心情很差，她開始懷疑自己的能力，懷疑運氣。如果十幾年來一直那麼努力，但最終卻失敗了該怎麼辦？還要重來嗎？她的心感覺很累，很想找人說一說，卻發現自己沒什麼知心的朋友，多麼可悲！

連上個洗手間，都會不小心聽到同學聊起她，那「驕傲又自以為是」的評價，讓她恍然大悟，原來，她給別人的印象是這樣的差。

心裡難過的詠慧，再想起家裡時常發生的爭吵，更加覺得心煩。她只想結束這一切，所有的一切，那真的只是一念之間，過不去而已。

詠慧靜靜的把自己的思緒梳理了一遍，漸漸想通了許多事。她說：「不了解我也不奇怪，是我自己把自己封閉了。」

詠心側身摟住姊姊，「姊，妳又聰明又漂亮，是我的好姊姊。」抱著姊姊，詠心明白了一件事：原來堅強的人，並不如我們外表看到的那樣堅強；優秀的人，在心裡的某一塊也特別脆弱。

「知道嗎？」詠慧笑著說：「有時候，我真的很羨慕妳，每天都開開心心的，好像天塌下來也不怕一樣。」

「怕什麼？天不會塌下來的。」詠心一臉篤定，她從來也沒煩惱過這個問題。

「姊，以後妳想做什麼？」

「當法官吧！我這麼拚也是想為將來打算，希望以後可以有個好工作，讓爸媽的負擔輕一些。」

「妳真孝順。」

「妳呢？有空也要多用功，知道嗎？」

「知道啊，」詠心說：「我以後還想做播報員，幫潘詠慧法官打廣告。」

呵～姊妹倆開心得笑了。

「晚安！」詠心給姊姊一個吻，詠慧先是楞了一下，以前如果詠心這樣親她，她一定會覺得很肉麻。但隨後，她也笑著回敬了詠心一個。

她們給了對方一個最甜美的笑容與最溫暖的擁抱。

11 改造計畫

重回學校以後，詠慧發現怎麼才三天，落後的進度已經那麼多。

夜裡，她集中精神，準備跟上腳步。

爸爸敲敲門，送來了一杯牛奶。

他說：「可以了，早點去睡吧！」

詠慧忙得沒空抬頭，她說：「我還沒讀完呢！爸，您不是叫我們要用功嗎？」

「妳已經很用功了啊！一直以來，妳都這麼努力，我不應該再給妳壓力了。而且，沒什麼比健康更重要了。」

詠慧感到很抱歉，「身體髮膚，受之父母，不敢毀傷」這道理她都懂，可是為什麼她就做不到？她竟然用這樣殘忍的方式來對待自己親愛的爸媽，那傷，傷在自己的手上，但一定痛在父母的心裡吧！

她很慎重的告訴爸爸：「爸，您放心，我以後一定不會再做傻事了。不過，您也讓我努力用功吧，都走到這裡了，功虧一簣我可不甘心。」

爸爸拍拍詠慧的肩：「盡力就好，早點睡。」

望著爸爸離去的背影，詠慧對詠心說：「我覺得我們好像很少關心他。我是那麼自私，所以才會想到一了百了，但爸爸不行，他為了我們全家，必須像一棵堅強的大樹，屹立不搖。」

是啊，詠心覺得，爸爸、媽媽、大哥、姊姊、（當然還有自己），每一個人都那麼好，只不過有人碰上了一些瓶頸，才會造成現在這樣不協調的狀況，而誰走路不會踢到石頭呢？

記得小時候跌倒受傷，大家都會爭相前來安慰她、寶貝她，因為大家的疼惜和關懷，詠心才感覺傷口沒有那麼痛了，可是現在家裡的人受傷了，跌倒了，有誰搶著前去安慰嗎？

一向聰明的姊姊竟然還選擇了那麼激烈的方式來解決，難道在想不開的當下，家人沒有一丁點值得她留戀嗎？

詠心突然覺得自己可以做些什麼，她握起拳頭激勵自己：

「好！家庭改造計畫，即將開始，go！」

改造計畫1：凝聚大家的目光

放學後，詠心到書局買了一張粉紅色愛心形的珍珠板，張貼在沙發旁邊的柱子上，那是一個挺顯眼的地方。

隨後，她到書桌的桌墊下，拿出了一張護貝好的全張福照片，貼在愛心珍珠板的正中央。那張照片是詠心四歲生日時，全家的合照，當時爸爸抱著她，握著她小巧稚嫩的手切蛋糕，其他人在一旁拍著手，多友愛啊！

珍珠板的上方，詠心用雲彩紙寫了幾個大字：本月壽星。接著是大哥的名字與日期——潘明峰，三月十二日。

這個月，大哥過生日呢！關於生日禮物，詠心早就偷偷在準備了，不過生日卡，要大家輪流一起寫，詠心打算從自己先開始，全家人輪流寫下祝福的話。

她告訴自己：「爸爸不愛說，哥哥不愛聽，那用寫的用看的，總行吧？」

改造計畫2：溫馨快遞

詠心的改造計畫二，是在大門進來的玄關入口，設置了一個關懷箱。

這關懷箱既簡單又易做，她只需要在厚紙板做成的信箱上頭畫些可愛的插畫，像貓咪、氣球、小花……，然後寫上「關懷箱」三個字就行了。

「關懷箱」剛設好，裡頭當然是空的，詠心開始伏在案頭，為家裡每一個人寫第一張小卡。

敬愛的爸爸：

最近找工作累嗎？要保重身體，別累壞了喔！

爸爸，您要常常笑，我們老師說：好運都會降臨在喜悅的人身上。希望好運也會很快降臨在您身上。

別忘記，我們永遠都支持您！

愛您的女兒　詠心敬上

給多才多藝的媽媽：

媽媽，您應該是全天下最溫柔的人了。

您會燒好吃的菜，會做精美的布包，您的手藝真是巧。有您當媽媽，我們真是幸福得不得了！

愛您愛您！（乘以一萬次）

給最酷最帥的大哥：

謝謝你對我這麼好，教我這麼多。

雖然我已經慢慢長大，但我一點都沒有忘記我們以前相處的時光。有些話，沒有機會當面對你說，但你知道嗎？你是我生命裡最最重要的人，你在我心裡，永遠都是最棒最棒的。

送給你一支棒棒糖，希望你會喜歡。這個棒棒糖有魔法，吃了會充滿活力而且心情開朗喔！

您的小寶貝詠心敬上

小詠心

詠心畫了一根有彩色線條的棒棒糖！旁邊還寫著「魔法有能

量」。

Dear姊：

謝謝妳總是耐心的教我功課，妳的頭腦好，是全世界最優秀的姊姊了。

請放心，天不會塌下來，所以請讓自己像小金魚一樣開心的悠游吧！

最後，我要點餐囉！請記好：

功課指導　一份

談心時間　一份

睡前擁抱　一份

什麼時候可以上菜呢？千萬別讓我等太久喔！

加油！我們永遠支持妳。

小妹詠心

寫完小卡，詠心說：「好了，這下子，大家都有卡片了！ㄟ，等等等等，大家都有收到，只有我沒有，那可不行，也給自己寫一張吧！」

她又重新提起了筆：

可愛的詠心：

妳怎麼會這麼可愛啊？我真喜歡妳，嗨！

愛慕者敬上

呵呵呵，寫著寫著，詠心的心情亮了起來。對嘛，一個人總要先喜歡自己，別人才會喜歡你。

晚餐的時候，詠心特地跑去關懷箱，然後抽出裡面的卡片，再跑回飯桌。

她先申明：「我還沒開動喔，所以我可以講話。」

詠心看著信封上的名字，開始當起了小郵差：

「爸，這是您的，國內快捷。」

「媽，您的，限時專送。」

「姊，宅急便，請簽收。」

詠心將小卡一一放在他們的眼前。

「喔，這份是大哥的包裹，收件人不在，夜間再來投遞。」

「最後這張是潘詠心小美女，好，分送完畢，任務完成。」

大家不知道詠心又在搞什麼鬼，裝什麼神祕。詠心也不多說。

吃飽飯後，爸爸回到了房裡，詠心有注意，爸爸的手裡，有拿著那張卡片。

洗完澡，詠慧給了詠心一個大大的擁抱，她說：

「我上菜囉！效率很高吧！來，請付費，一次一千元。」

「妳黑店啊？」

姐姐說：「收到妳的卡片，我有開心一下喔，不過，妳確定這樣做有用嗎？爸爸那麼嚴肅。」

「誰知道有沒有用？反正去做就對了！付出也不一定要回報嘛，

爸爸不用回信給我，只要他知道我關心他，這樣就夠了。」

「嗯，有道理，很多時候我們都以為對方知道，反而忽略了要去表達。詠心，妳真貼心耶！」

「唉唷，別這麼說，我會害羞。」

12 向日葵花

隔天，詠心繼續她的改造計畫。

改造計畫3：藝術生活，生機盎然

大哥送的小金魚，給了詠心很深的啟發。她看到原本沉靜的房間，不過因為兩條小金魚的到來，就顯得活潑有朝氣，令人心情愉快。

詠心拿出零用錢，去買了一個小型的水族箱；還到花店挑選了一些小盆栽，仙人掌、小綠竹、雞蛋鵝掌藤……都是不錯的選擇。老闆還介紹了幾顆魔豆，這些魔豆的豆瓣上有刻字，如果豆瓣漸漸長大，上頭的字也會愈來愈醒目。

詠心為爸爸挑選了一顆「永保安康」，為媽媽挑選「青春美麗」，給大哥的是「心想事成」，祝姊姊「金榜題名」，自己呢？詠心選了一個她

對全家的夢想——「幸福美滿」。

選好了魔豆，詠心還蒐集了一些空的小花盆，她在裡頭放了一些有機土，接著埋下了幾顆種子。

植物具有靈氣，綠色還可以掃除憂鬱，化悶解氣。詠心將家裡的環境巡視一遍，打算在客廳、陽台、書桌……都點綴一下，讓家裡充滿綠意。

媽媽喜歡縫布包，也喜歡壓花，早期有許多裱框好的壓花作品，不過搬家以後，一直放在儲藏室裡。

當詠心在儲藏室發現這些藝術品的時候，忍不住鼓勵媽媽：

「媽媽，老師說，藝術也要融入生活，您和我一起布置好嗎？」

詠心的積極喚醒了媽媽消逝許久的熱情，她看著那些曾經傾注心力，一片一朵黏貼的壓花作品，不禁笑著說：多麼久遠的記憶！

單調空洞的牆面，因為這些作品而豐富亮麗了起來。那些花朵沒有凋謝，它們綻放著它們生命的永恆與美麗。

三月十一日晚上十一點二十分，詠心拎著一份包裹，來到了大哥的房間。她在大哥的房裡踱步，打算給大哥一個驚喜。

嘿嘿，這一份是——「包裹，夜間投遞」。

大哥的書桌上，擺著幾張舊照片。

說起來真有趣，以前大家都覺得雙眼皮的眼睛漂亮，只有聽過要去割雙眼皮，沒想到，後來大家的審美觀變了，認為眼睛小的單眼皮男生也很有魅力。

大哥就是屬於那種眼睛小小，單眼皮的類型，他的笑容其實很燦爛，只是這幾年，漸漸收了起來。

房間的角落擺放著一把吉他，用黑色的皮套封著，這吉他的弦已經許久不曾舞動了吧，皮套都蒙上了厚厚的塵。

當心靈封閉的時候，那些曾經意氣風發的傍身武器，也一同伴隨主人，歸於沉寂。

客廳的大門傳來鑰匙轉動的聲音，大哥回來了。

他走了進來，捻亮了燈，卻沒想到裡頭坐著一個人。

「嗨！」詠心一手撐著頭，一手朝大哥揮著。

「妳把我嚇了一跳。」

「大哥又沒做虧心事，怕什麼？」

「是沒做虧心事啊，但我怕搗蛋鬼來敲門！」大哥捏了捏詠心的鼻子。

「何止是搗蛋鬼，我還是可愛鬼、賴皮鬼、貪吃鬼和開心鬼呢！我沒有腳我沒有腳……」詠心伸出了雙手，扮起鬼來。

大哥拍了一下詠心的腦袋，笑著說：「好了，別鬧了，這麼晚來找我到底什麼事？」

「喏，」詠心轉身拿起了一件禮物，雙手奉上，「大哥，現在是十一點三十八分，再過二十二分就是你的生日了，我要成為第一個和你說生日快樂的人。」

「喔，謝謝！」

「這是我要送你的生日禮物，還有這張是大家要送你的卡片。」

「嘖嘖！這麼貼心，真是沒有白疼妳。」

詠心最喜歡大哥疼她、讚美她了，「快把禮物打開嘛，看看喜不喜歡？」

大哥接過禮物，東看西看。

「小心小心，面朝上。注意慢慢撕、別弄壞。」

「到底是什麼東西這麼脆弱啊？」大哥慢慢撕著包裝紙，答案揭曉，是幾朵向日葵。

迎向朝陽　給我力量
向日葵　向日葵花
我旋轉身體　接收光亮
張開雙臂　讓愛飛翔

向日葵　向日葵花
我純淨呼吸　拋開憂傷
與晴光相逢　訴說情話
向日葵花
最美的　仰望
青春的夢想　飛揚

詠心輕輕柔柔的唱出那首向日葵歌，她把搖滾版改成了抒情版。

大哥表面上默不作聲，但內心卻洶湧澎湃。這是他自己填詞譜曲的歌啊！強壓情緒，安靜地聽著，靜默了一會兒後，大哥對詠心說：

「真沒想到妳這個小腦袋瓜還記得？」

「你以前一直逼人家唱，當然記得啊！」

大哥大笑，他說：「誰逼妳唱啊？臭美！是妳偷偷學吧，經典名曲呢！」

「那……什麼時候要再創作一首？這個禮物你還喜歡嗎？我上個月種的，為了怕你發現，我還偷偷藏在陽台，前兩天，我又種了幾株，等它們全長大了，我們把它們一起移到我們的祕密基地，好嗎？」

「嗯！」大哥點點頭，微笑著。

詠心指著向日葵說：「大哥，你看，黑洞！」

明峰一看，還真像！向日葵的中央有一簇黑，整體卻是那樣的明亮，那黑洞並不足以影響它的絢麗和熱情，反而因為那樣的黑，讓對比的金黃更加明亮。

「大哥，找一天，我們再去光合作用吧，我想穿『光』的衣裳。」

「好，這個周休我放假，隨時奉陪好嗎？」

「你說的喔，一言為定。」

他們打勾勾，蓋印章。

13 原諒卡

午後，媽媽在房間的桌上寫字，見到父親進門，關心的問：「怎麼樣，今天面試的結果好嗎？」

「他們要我等候通知，大概也是不了了之。」說完，爸爸在媽媽的身旁坐下。

「我以為可以給妳一個好的晚年生活，沒想到，老了還要跟我受苦。」

媽媽倒是不以為意，她說：「現在這樣也沒什麼不好啊，房子雖然小了一點，但至少我們全家人都在一起。我只希望你和明峰可以平心靜氣，別再吵了。」

爸爸點點頭，他問：「妳在寫什麼？」

「寫小卡片啊！詠心真的很有心。禮尚往來嘛，她應該得到一些回應的。」

「她啊，上次告訴我，要常常笑，好運才會降臨，這個女兒啊，想一想，也挺可愛的。」

「那麼，是遺傳到誰呢？」

爸爸只是微笑，不說話。

晚餐前，當詠心去關懷箱拿卡片的時候，竟然看到了不同的筆跡：

「什麼？潘詠心！這次絕對不是我自己寫給自己的唷！」

媽媽笑了，她說：「那當然！」

詠心迫不及待的打開，發現媽媽要她幫忙宣布，今天晚上八點，要在客廳召開慶生會，幫大哥明峰慶生。

「這有什麼問題！」

詠心通知大哥，無論如何一定要回家。

一家人聚在一起的氣氛有點怪，其實詠心和媽媽相處得很好，和大哥及姊姊在一起也很好，爸爸和姊姊也沒問題，可是不知道為什麼？當一家人聚在一起的時候，氣氛就很僵。

要深入去分析，癥結就是爸爸和哥哥。這兩個人有點不對盤，平常不太交談，但經常一觸即發，搞得其他人也不敢亂說話。氣氛尷尬之下，詠慧打開了電視，希望一點聲音，可以讓氣氛活絡一下。

一連串的廣告之後，傳來了一句話：「幸福一家人，歡迎您踴躍報名參加。」

真是一語驚醒夢中人啊！

詠心喃喃自語：「幸福一家人？糟糕，我竟然給忘了！」

上周五執行製作人遞了一張名片以後，父親面試失意，又和大哥發生爭吵，緊接著詠慧想不開，讓詠心決定進行家庭改造計畫。這一連串的事件，占據了詠心所有的心思，竟讓她忘了還有一件非常重要的事，他們擁有一個大好機會，而對方正在等待一個確定的消息。

詠心焦急的問：「今天星期幾？我還沒有打電話呢！」

「打什麼電話？」

「就是『幸福一家人』啊！他們說要幫我們保留資格一星期的節目啊！」

爸爸覺得有些似曾相識，他喃喃的說：「原來那是真的？」

「當然是真的，哪有那麼多騙子啊？」這下子，詠心急了。

媽媽也有如大夢初醒，父子的爭吵讓她勞心，詠慧的突發事件讓她亂了步調，她完全把這件事忘得一乾二淨。

詠心說：「還好，還在期限裡。趁大家都在，我要向大家宣布一個消息！之前，我寄了一張報名表給『幸福一家人』節目，結果我的報名表被抽中了，現在，我要慎重的問大家，您們願意一起去參加這個節目嗎？」

詠心把雙掌合了起來，說：「拜託您們一定要願意啦，如果有一個人不要，我們就要被取消資格了。」詠心又機關槍似的講了一大串。

詠慧說：「妳這樣講，分明是強迫中獎嘛！不過，這麼好的事，當然參加囉！」

詠心看看哥哥，哥哥剛看節目預告，明白是怎麼一回事，他說：「如果你們都同意，我沒有意見。」

媽媽、大哥、詠慧和詠心都沒問題，只剩下爸爸沒表態了。

爸爸有點為難，上節目要拋頭露面呢！他最近的狀態不是很好，以前的同事看到會怎麼想呢？

他說：「一定要上電視嗎？我不太喜歡上鏡頭。」

「爸，拜託啦！」詠心說完，轉而向媽媽求情。

媽媽說：「看來，只好拿出我的殺手鐧了。」她打開皮包，從皮夾裡抽出了一張小卡，交給了爸爸。

爸爸一看，瞬間苦笑：「妳確定？」

媽媽堅定的點點頭。

詠心搞不清楚什麼狀況，她湊近一看，只見紙張上頭寫著：「原諒卡」三個大字。底下還有一行：

完成對方要求的一件事，有效限期：無限。

然後，是爸爸的親筆簽名。

看到大家一頭霧水，媽媽解釋了：

「很久以前有一次，你們的爸爸惹我生氣，但我怎樣都不想原諒他。你們爸爸到最後沒辦法，問我說：『那妳要怎樣才肯原諒我呢？』我左思右想，決定要他幫我做一件事，但要做什麼，我一直沒想到。

「有時候，你們爸爸會突然想起來，問我：『欠的那件事呢？』我就回：『沒想到。』反正無限期嘛，只覺得太簡單，便宜了他，也白白浪費一次大好機會。所以這張原諒卡，就一直這麼留著了，其實在我的心裡，早就原諒他了。」

詠慧沒想到，原來爸爸媽媽還會耍浪漫啊！

爸爸說：「好吧，既然你們媽媽亮出了這張卡，『一言既出，駟馬難追』，我也要說到做到。」

「那……您是答應囉？」

爸爸點點頭。

「嗨！」詠心開心的用雙手摀住臉頰，她眨眨眼睛，笑著說：「爸爸，您真是一個守信用的人。」說完，忍不住親了「原諒卡」一下。

「好，那我現在馬上就去打電話，希望還來得及。」

沒多久，詠心哭喪著臉從房間跑出來：

「怎麼辦？那張名片不見了啦！」

媽媽答：「妳不是說，東西很重要，肯定會好好保管嗎？」

「是啊，我當然有好好保管。之前，我壓在枕頭下，後來想想不安全，就移到了一個更安全的地方。可是，現在我只記得枕頭下，卻忘記移到哪裡了，剛才我書包、抽屜、櫃子全找過了，就是沒有。」

大哥聽完只是笑，這個小妹啊，還是沒變，就是一個貨真價實的糊塗蛋。

媽媽問：「外套的口袋呢？妳常常把東西忘在裡面的。」

「沒有沒有，我都翻過了。」詠心急得直跳腳。

看著焦急的詠心一臉苦瓜樣，詠慧靜靜的起身，去撥了一通電話：「喂，您好，我想請問幸福電視台的電話。……是，好的，謝謝！」

還是詠慧冷靜，找不到名片有什麼關係？問電話嘛！她直接打一

○四，轉到電視台的節目部，再轉到製作單位去。

總算，在虛驚一場，臨門一腳中，資格沒有被取消。製作單位留下了詠心一家的電話，表明近期將聯絡，到詠心家裡來拍攝。

14 選擇獎品

執行製作人明耀和助理安亞再次來到了詠心的家。

和上次的情況不同，這一次，全家人都在大廳等候。他們的心情有點兒雀躍，又有點兒不安，因為要上電視節目，多少有點兒不好意思！

「我想，你們對節目的型態可能已經有一些了解，在這裡，依照慣例，我必須再說明一次。

「這一趟來，我們首先會拍攝你們家裡的情況，接著請你們抽出要挑戰的任務項目。

「任務抽出來以後，我們也會留一台DV錄影機，交由你們拍攝爸爸這星期努力的過程。一星期以後，將邀請你們全家到棚內錄影，要記住，攝影棚的那一次，才是決定你們任務到底是成功還是失敗的關鍵，整個片段經過剪輯過後會播出。這樣明白嗎？」

明耀看見大家都對他點了點頭。

「好，今天我們來的重點，除了請你們抽出題目外，也要請你們選出獎品。只要住在這個屋簷下的家庭成員，每一個人都可以至少選一項，一個家庭總計可以獲得總值二十萬元的獎品。這一階段的獎品都在這張看板上，請你們思考一下，也可以討論一下。」

哇！看板上的獎品琳瑯滿目，除了多功能按摩椅、冷氣機、電冰箱、微電腦電子鍋等電器外，還有寢具、百貨公司禮券、遊樂場門票……等等，應有盡有。

爸爸說：「我看這樣吧，你們每個人先選出一樣你們最想得到的獎品，接著我再來看看剩下多少金額。」

詠心湊到了爸爸的身邊，突然覺得爸爸的懷裡好溫暖，有多久，他們沒有這樣，為了同一件事、同一個目標一起討論或努力了呢？

詠心記不起來了，但這份感覺肯定已經消失了很久很久。

爸爸問媽媽：「我聽妳說過洗衣機故障了，妳都用手洗，用手洗實在很辛苦，要不要選一台洗衣機？」

「嗯！」媽媽點點頭，她正有這個意思。

製作人明耀笑著說：「好，現在媽媽已經決定了要洗衣機。來，這位媽媽，請您對著鏡頭說一段話。」

媽媽笑著面對鏡頭，她溫柔的說：「孩子的爸，謝謝你答應為全家人努力，你一定會成功的，加油！」說完話，她感激得看著維剛。

維剛也點頭微笑，這份心思他明白。

助理安亞說：「好，現在扣掉媽媽選的全自動洗衣機二萬五千元，你們還有十七萬五千元的獎品可以選。」

詠心一直舉棋不定，她覺得那台四核心電腦挺棒的，但是，好像有點貴，如果她一個人就選掉了三萬八千元的獎，那其他四個人也沒什麼大獎可選了。不行不行，雖然詠心有些捨不得，但還是把它割捨了。

爸爸問：「明峰，你想選什麼？」

「我想選摩托車。」

「好，家裡只有一輛，實在不夠，你現在上班，自己有一輛車，行動也比較方便。」

決定了，明峰選的一二五摩托車是五萬二千元，十七萬五千扣掉五萬二千，還剩下十二萬三千。

明峰對著鏡頭，有點靦腆，他感到彆扭的不是攝影機，而是要對老爸說話。深呼吸一口氣，他堅毅的說：「爸爸，相信您一定沒問題的。」

孩子的鼓勵讓人窩心，特別是一個過去和他的關係劍拔弩張的孩子。

爸爸接著問：「詠慧，妳呢？」

「我，就選電腦吧。」

詠心看著姊姊，她知道姊姊是為自己選的。

「姊姊，謝謝妳！」

詠慧說：「妳別高興得太早喔，以後打電腦時間得有限制，否則我會讓妳有電腦跟沒有一樣。」

「是，遵命！」

安亞說：「好，讓我再為大家計算一下，剛剛十二萬三千，再扣掉電腦三萬八千，還剩下八萬五千。」

爸爸說：「詠心，換妳了？」

「爸爸您先選。」

「不，你們選完我再選。」

詠心想，姊姊對她那麼好，她也應該為姊姊著想。她記得姊姊說過，以後想到國外去遊學，到世界各國去走走，那麼就幫姊姊選一台多國語言翻譯機吧，不但學校學英語用得上，平時要進修其他語言也用得上。

「就這個！」詠心指著看板上的多國語言翻譯機，她看著姊姊，姊姊也會意的對她笑著。

剩下爸爸了，大家都鼓勵爸爸選按摩椅。

「爸爸，選這個啦！七萬五千元剛剛好。」其實大家心照不宣，都想把一個大獎留給爸爸。

安亞說：「多國語言翻譯機一萬元，現在還剩下七萬五千元，潘先生，您的意思是什麼呢？」

沒想到爸爸竟然起身，要求明耀和安亞跟他到房裡拍，不要被其他人聽見。

詠心說：「爸爸，搞什麼神祕嘛！」

「對啊。」詠慧也覺得很奇怪，有什麼不能讓家人知道的呢？

爸爸只是笑。

十分鐘後，爸爸出來了，詠心拉著製作人明耀的手問：「明耀叔叔，我爸爸他剛剛說些什麼？」

明耀製作很會賣關子：「嘿嘿，這是祕密。」

詠心轉而問安亞：「安亞哥哥，您告訴我嘛！」

安亞搖搖手，他先指指製作人明耀，接著在唇上比個「噓」，最後橫著手掌誇張的在脖子上劃一刀，意思是說，如果他說了，會被明耀製作人砍頭。

詠心嘟起嘴：「不好玩，神祕兮兮的。」

明耀製作人安慰她：「別急嘛，錄影的時候你們就會知道了。」

15 超級任務

選擇獎品告一段落，接下來，爸爸將面臨最緊張刺激的考驗，就是抽出超級任務的題目。

「拜託拜託，要簡單一點。」詠心合起掌來禱告。她不但自己這麼做，也要拉其他人和她一起做。

安亞拿出了一個籤桶，裡頭大概有十來顆球。

明耀喊：「安亞準備。」

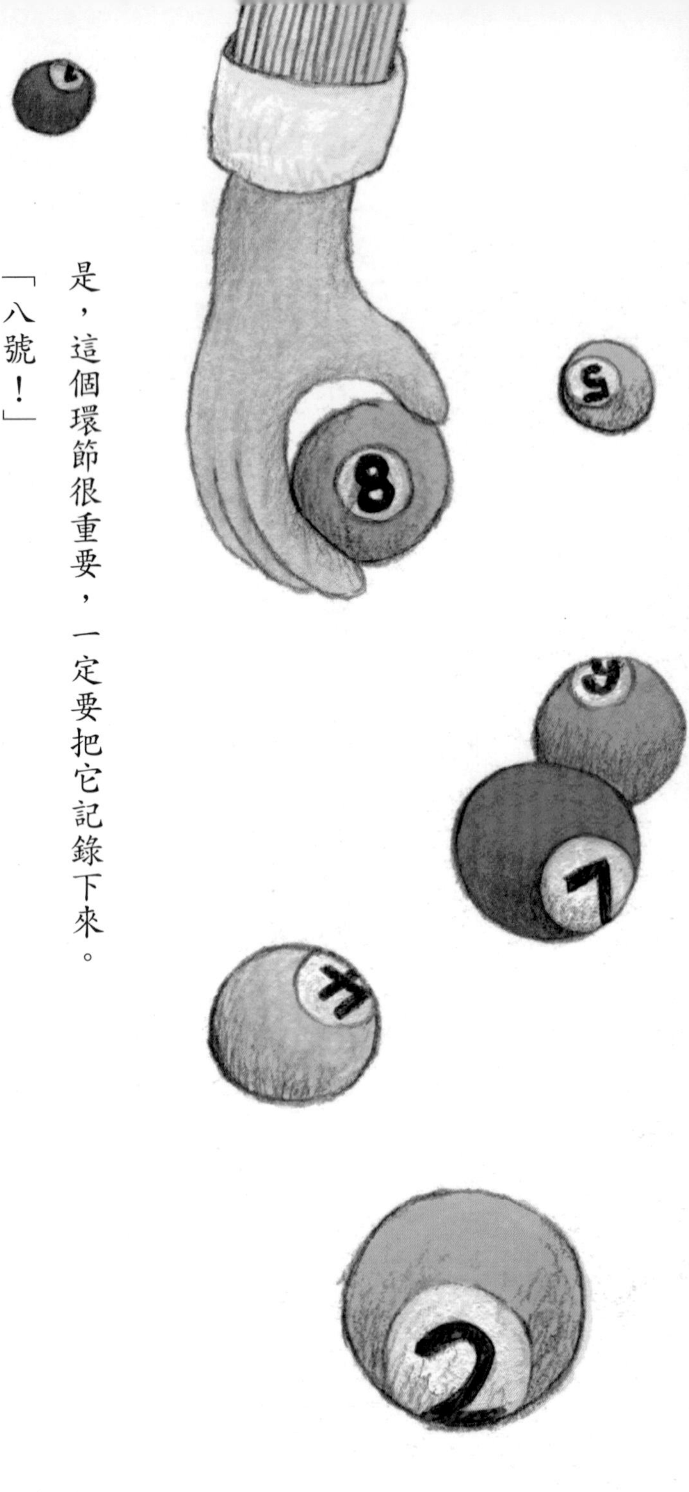

是，這個環節很重要，一定要把它記錄下來。

「八號！」

「來看八號球的題目。」

明耀拿出一張標示著八號的海報，交給爸爸。

爸爸緩緩打開海報，上頭寫的是：

一分鐘之內將火引燃

全家人面面相覷，不明所以。

這時候，明耀製作人拿出一節大木頭，對大家說明任務的內容。

「這項任務是這樣的，你們的爸爸必須用木條鑽木頭，鑽到木頭冒煙的時候，用麻絲繩快速的將火苗引燃。」

「不會吧！」詠慧叫著說：「你們竟然要爸爸像古人一樣鑽木取火？而且是在一分鐘之內，這怎麼可能？這根本不可能！」

媽媽也緊張的問：「確定這辦得到嗎？這個任務聽起來很困難。」

「你們放心，有人辦到的。」安亞播放了一段小影片，影片裡的人確實用非常俐落的速度，引燃了火苗，形成了熊熊的火焰。短短的時間，從無到有，像變魔術一樣。

詠心說：「這好難，不能換嗎？讓爸爸再重抽一個嘛！」

明耀回答：「我們節目一向公平公正，怕是不能換了。不過我可以保證，這件事絕對不是不可能的任務，不過需要多費心是真的。加油囉，祝你們好運！」

全家人還想求情，但都被爸爸制止了，他說：「既然別人能成功，那麼，我也可以試試。就這麼辦吧！」

明耀製作說：「潘先生，祝您順利！」接著他向大家提醒：「別忘了一星期以後的下午三點，我們在幸福電視台大樓的第一攝影棚見。祝你們好運，再見！」

說完話，他們把一台精巧的ＤＶ錄影機交給明峰，請他負責拍攝爸爸這一個星期努力的經過。

電視台的人走了以後，爸爸興致勃勃的嘗試著，不過，一切看起來不太樂觀，別說是冒煙了，連把木條固定在木頭裡，鑽個洞都不容易，何況是在一分鐘之內引燃火苗呢？

詠慧第一個提出質疑：「這太強人所難了吧？」

爸爸說：「你們沒聽過嗎？『只要工夫深，鐵杵磨成繡花針。』事在人為嘛！沒試過，怎麼知道不成呢？」

詠心也說：「對嘛，不要還沒開始，就先棄械投降。」

只是，話是這麼說沒錯，一個小時過去，爸爸嘴角的微笑也漸漸收斂了。

木條在爸爸的掌心裡滾動著，他的額頭沁出了汗，但木頭依然是木頭，什麼動靜也沒有。

「爸爸，您要不要休息一下？」

「不用了，我再試一會兒。」

大哥手裡掌控著攝影機，他調整焦距，將鏡頭拉遠又拉近。為了捕捉爸爸的特寫，為了聚焦爸爸鑽木的雙手，他得將目光鎖定父親。而透過鏡頭，畫面總顯得特別清晰。

掌鏡的他，清楚的看見了青春在父親的身上消逝，這個以往像座山的老爸，身軀佝僂了，體力磨蝕了，頭上的白髮和鬢角的蒼蒼都訴說著他已經不像往日那般健壯了。

但這座山，依然用他最桀傲的脾氣支撐著，他依然霸氣的在尋找自己職場上的定位，不願認輸。

記憶中，他和父親不是冷戰，就是爭吵。現在這樣日復一日的工作，明峰想，要不是為了這項任務，向老闆請了兩天假，自己曾幾何時，有這般專注地關心過他呢？自己曾幾何時，有這樣細細的觀察過他呢？他的心底響起了一個聲音：「我關心的只是自己吧？自己的好壞、自己的喜、怒、哀、樂，自己的一切。」

他突然感到有點兒抱歉。

16 放棄？堅持？

關鍵一個星期的頭兩天，爸爸還有去應徵，但他很快警覺到，這是一件必須傾盡全力去應對的工作。於是他專心地待在家裡，摩搓著，努力著。

爸爸無時無刻不在練習，他的掌心因為過度的搓揉，長繭了；他的手指頭因為劇烈的摩擦，起水泡了。

水泡破了又再起，碰到乾硬的木條時，特別疼痛，媽媽看了不忍心，屢次叫他歇會兒：

「維剛，你休息一下吧！」

「我沒事。」

「要不然，你戴雙手套。」

「好。」

大哥拿著錄影機拍著，覺得光是這樣被動的等待也不是辦法，於是他說：

「爸，換我試試看吧，也許你看我做，會發現一些缺點什麼的，也或許你會突然有一些心得，找出一個又快又省力的方法。」

媽媽一聽，覺得有幾分道理：「對，維剛，你讓小峰試試。」

「我也想試試。」詠心自告奮勇，但沒三分鐘，她就投降了：

「好難喔，一點動靜也沒有。火啊火，你聽見我在叫你了嗎？快點冒出來吧！」詠心對著木頭喊。

看著爸爸堅持著枯燥的動作，詠慧在一旁想：

「這是一項多麼具有挑戰性的任務啊，爸爸所能依賴的工具僅僅只有木條和木頭而已。我該怎麼幫助他呢？」她一邊忖度著，一邊走進房裡。

詠慧查起了百科，她發現，不是所有的木頭都能鑽出火種的，鑽的木條要選擇品種，並且要隨季節變換。例如夏天，必須選用乾棗木或杏木……；冬天天冷，就要用槐木或檀木。

在軒轅黃帝的時期，各地方都設有專門的鑽火官，經過人們長期的實驗，對應不同季節，篩選出了最適當的木柴。

詠慧想，現在是春天，那麼用榆木或柳木最好了，詠慧對照一下圖片，決定即刻去買。

古人說：「工欲善其事，必先利其器。」這道理聽進去，準沒錯。

爸爸努力練習，他卯足了勁在鑽木，雙手握著一根木條，不停地旋轉、摩擦，旋轉、摩擦，為了在最短的時間達到熱點，他必須高速地轉動。

第一天過去，木頭上有一點點凹痕，但整體上，進度是零。

第二天，詠心一回家就問爸爸：「爸爸，今天成功了嗎？」

爸爸強顏歡笑的說：「還沒呢！」

第三天，還是什麼消息也沒有。倒是爸爸的手，已經又紅又腫了。

詠心看了難過，她說：「爸爸，都怪我報的什麼名，不要了，我們放棄吧！這根本就是不可能的任務。」

爸爸說：「怎麼可以放棄呢？你看，我就快成功了。」

但詠心一看，根本差得遠呢，別說火了，連一絲絲的煙也沒有。

媽媽看著爸爸的手，破皮、長繭、起水泡，再破皮、再長繭，起水泡。

「你看你的手，都起泡破皮了。」媽媽真的很捨不得，一直以來，爸爸都是坐辦公桌處理文件業務的，他實在很少做這些粗活。

倒是爸爸神態自若，「這一點點皮肉傷不算什麼？想起我們小時候，家境不好，也常去做工啊！太久沒做了，剛好回味一下，不打緊的。」

媽媽嘆了一口氣，不再說話。

爸爸的態度很認真，很專注，他一點兒想放棄的念頭都沒有。

甚至半夜，睡不著覺，都起來鑽木頭。

最先發現的是詠心，她起來上廁所，聽見了漆黑的客廳中傳來「吁吁」的喘氣聲，簡直把她嚇壞了。

她輕手輕腳的跑回房裡，硬把姊姊從棉被裡拉起來。

「姊姊，有鬼啦！」

「到底什麼事啊？」

詠心把剛剛聽到的聲音，和姊姊說了一遍。

「妳確定沒有聽錯？」

「絕對沒有。」詠心像發誓一樣，舉起了手。

「好，去找大哥。」

姊妹兩人去明峰的房間，把大哥叫起來，三個人互相壯膽。

他們躡手躡腳的來到客廳，發現客廳裡真的有一個閃動的影子。

大哥捻亮燈一看，三人同時驚叫了出來：

「爸爸！」

詠慧問：「您怎麼還不睡覺啊？都已經半夜三點半了。」

「我想，與其睡不著，不如把握時間起來練習嘛！」

「可是……」他們看著爸爸臉上又大又深的黑眼圈，知道他真的失眠很嚴重。

詠心說：「爸爸，明天再做吧！」

「是啊，沒有體力，怎麼支撐得住呢？」大哥來到了爸爸的身邊，想勸他去休息。

但爸爸說：「我還不想睡，我現在閉起眼睛啊，就是鑽木頭。你們先去睡吧！快，明天還要上班上課呢！」

兄妹三人杵了一會兒，回到房裡，已經一點兒睡意也沒有。

媽媽站在房門口，孩子們與父親的對話吵醒了她，她披上一件外衣，目睹了這一切。默默的，她又關起房門，退回房裡去。

隔天下午，明峰三人來找媽媽。

「媽媽，我們有話跟您說。我再過五天就可以領薪水了，到時候，我買洗衣機給您，昨天晚上我們討論過了，我們兄妹三人都同意不要獎品了，您叫爸爸放棄吧！」

詠心用力地點頭。

「你們對爸爸沒信心？」

詠慧搶著說：「不是的，是這項任務雖然不是不可能，但也太強人所難了。」

「不過別人辦得到啊，沒有理由不支持妳爸爸。」

詠慧說：「媽，您也看到了，爸爸這麼辛苦，您忍心嗎？您不會這麼狠心，站在爸爸那一邊吧？」

「沒錯！我是站在他那邊。」媽媽的神情很篤定。

第四天，爸爸仍然努力著。

第五天早上，還是一點起色也沒有。

每一個人都勸他，大哥尤其激動，他掌控攝影機時，再也撐不下去了。每一次的聚焦，都讓他心痛。從鏡頭裡，他看到爸爸的手掌甚至磨出血了。

「我不拍了，我再也受不了了，爸爸，算了，我會去賺錢，賺很多很多錢，幫每一個人完成夢想，買他們想要的禮物。」

爸爸專注的告訴明峰：「不必等到以後，眼前，就有很重要的事得做。」

換成詠慧祭出柔情攻勢：「爸爸，您看我的成績那麼好，找好工作肯定沒問題的，未來，我一定可以替大家實現夢想。」

爸爸覺得很欣慰，但拍拍她的肩，說：「不必等到未來，我想，我現在就可以替大家實現夢想。」

他真的很想替大家完成夢想，尤其是他自己的那個願望，說實話，他盼了很久了。

詠心自從在半夜看到爸爸鑽木頭以後，就知道爸爸已經下定決心，無論如何都不會動搖了，因此，她也不再勸爸爸放棄，轉而希望爸爸能夠多一份力量，堅持到底：

「爸爸，加油，我知道您一定會成功的。嗨！」說嗨的時候，詠心把雙手貼在自己的雙頰上，笑得好燦爛。

爸爸問：「這是什麼？」

「是向日葵，永遠向著陽光的向日葵。」

大哥有點不高興：「詠心，裝什麼可愛！辛苦的不是妳，妳當然這樣說。」

但媽媽向明峰招招手，她說：「小峰，你不要生氣，你爸爸正在證明他自己，藉這個機會，他想證明自己還有能力。我已經很久沒看

他對一件事那麼專注、神情那麼地狂熱了，就讓他去做吧，好嗎？」

大哥給了媽媽一個擁抱，他說：「媽媽，我真的覺得很歉疚，我對爸爸曾經說過那麼殘忍的話。」

媽媽說：「如果你想要彌補，永遠都不嫌晚的。」

17 陪您一起做

是，既然阻止不了，大哥決定全力支持，他們匯聚成一股強大的力量，做爸爸最強力的後盾。

於是，他也去買了一節木頭，打算陪老爸一起鑽木起火。

當大哥把木頭擺在父親的腳邊，拿張椅凳坐在父親身邊的時候，父親不解的問他：「你要做什麼？」

「陪您一起做。」

敏銳的詠慧發現，大哥剛剛用的稱呼是「您」。

爸爸沒有阻止，但剛開始，氣氛真的有些尷尬，他們父子兩人不知道該說什麼。不過，在枯燥的時間裡，他們漸漸發現了一件有趣的事，原來他們的動作會被彼此影響，弄得節奏都相同。

不知從何時開始，他們的快慢一致，他們的方向也一致。詠心說：「你們好像電動的機器，好有默契喔！」三人看看彼此，都笑了。

笑聲化解了尷尬，爸爸問起了明峰工作的情況以及未來的打算：「怎麼樣，現在的這份工作還滿意嗎？」

「不，我想這只是暫時的，我想清楚了，可以的話，我想經營一間農場。」

「農場？」

「對，您也知道，我以前就喜歡園藝，我發現自己還有夢想。等我存夠了錢，我想買地，經營一片小農場，我也想再去進修，學學園藝的專業技術，我明白，光有興趣是不夠的。」

爸爸沒有說話，他知道，是自己讓明峰多走了很多冤枉路，繞了一大圈，還是回到了原點。他想起明峰第一次填志願時對他說的話：

「我想學園藝！」那神情多麼肯定。是他，非得要兒子學醫，搞到後來，兩個人都有心病。

「都是我！」父親像自言自語的說。大哥有點驚訝，不確定自己有沒有聽錯，一向威嚴不服輸的父親，會認為是自己的問題嗎？但他突然覺得自己很傻，何必一直回頭看呢？何必一直放不下呢？他想起了詠心給他的向日葵，覺得自己該成熟了，該改變自己來面對問題了，向日葵都懂得轉變自己的姿態迎向陽光，為什麼他就不懂？他決定帶著自己的黑洞，轉身迎向燦爛的陽光。

「爸，您呢？找工作有下文嗎？」

「我想，我是過不了自己這一關，我累積了很多年的經營理念，所以放不下身段。現在這個景氣，僧多粥少，一些公司有自己的人馬，也不見得要我。」

「此一時，彼一時嘛，只要累積實力，我們等待的，只剩一個機會。」

「有道理！明峰，你長大了。」

詠慧在一旁聽，覺得很有趣，她說：「您們兩個很奇怪耶，一個有蓋農場的興趣和想法，另一個有經營的理念和經驗，那您們為什麼不合作呢？」

是啊？為什麼不可以呢？爸爸和大哥的眼裡都閃耀出了光芒，覺得這個想法未嘗不可？

詠心覺得，這時候最適合來點音樂了，平時家裡太沉悶，應該要有一些旋律才對。

輕柔的也好，激情的也罷，都可以讓心情舞蹈一下。

他們一起工作，一起談笑，這一晚的苦差事，竟然成了一件快樂的活。

連著兩天一起搓木頭，最讓大哥感到訝異的，是他和爸爸之間猶如冰點的關係漸漸升溫了，他們可以聊的話題不但變廣，也變多了，他們聊起工作的種種，還聊起了自己的同事，上班的趣事。

有一回，爸爸輕輕哼著一首歌，大哥突然感到很驚訝，他說：

「爸，這是我剛剛在心裡哼的歌呢！」

「真的嗎？我們這麼有默契了！」他們相視而笑，好像很久不曾這樣。

倒數第二天，他們有了令人驚喜的進展，木頭冒煙了，這真是一件令人雀躍的事。

「爸，您看見沒有？」

「有，有煙！」

他們將絲麻靠近，馬上引燃，爸爸再快速的轉動手臂。

起火了，起火了，成功了。

皇天不負苦心人，原來真的可以達到。

現在，所要突破的只剩下時間的障礙了。

有了這個驚奇的發展，大哥和父親練習得更加起勁了。

他們全家人時常聚在一起，為爸爸加油打氣。

五分五十秒。

不行不行，太久了。

四分十秒！

還是太漫長了。

他們一次一次地催快速度，僅僅只能一分鐘，一分鐘！

在最後一天，詠慧按下碼表，她睜大雙眼，說不出話，碼表上顯示著不可思議的數字——五十八秒。

「真的嗎？啊！」詠心興奮的尖叫，抱著媽媽和大哥又叫又跳。

詠慧說：「爸爸，五十八秒，您真的可以，您真的可以。」

爸爸很累，他只是傻笑，被鼓勵的感覺挺好的，他想，能成功的，真正測試的那一天，他還要加把勁，全力以赴。

從爸爸的笑裡，全家都看到了希望。

18 錄影現場

錄影當天，全家起了個大早，爸爸把握時間再做最後的練習，他昨晚幾乎是整夜沒睡。

姊姊說：「詠心，要出發了。」

詠心連忙喊：「等一下，我想上廁所。」

「妳今天怎麼一直跑廁所？」

「沒辦法，我太緊張了。」

詠慧說：「我也好緊張喔，爸爸那麼努力，會過關吧？」

「拜託，姊，現在不要再講這種沒信心的話了，我的小心臟可會受不了！」

到達攝影棚，錄影現場已經聚集了一些觀眾。

大家都明白，現實是殘酷的，在眾目睽睽之下，爸爸只有一次機會。

觀眾陸陸續續進場，這是詠心第一次進到攝影棚，觀賞節目錄製的情況，可是她一點也沒有心思好好欣賞。

詠心偷偷地跑去問製作人：「明耀叔叔，真的只能有一次機會嗎？這一個禮拜，我爸爸他真的真的沒有偷懶，他很認真的在練習，連半夜都沒有睡覺，我可以發誓。」說著說著，詠心把手指頭給舉了起來。

製作人笑了，「我沒有懷疑妳啊！可是機會是稍縱即逝的，當機會來的時候，就看妳能不能把握了。不管過程和結果如何，都只能有一次機會。」

「不能NG嗎？」詠心的心情好忐忑。

明耀製作人搖頭。

她抓著製作人問：「有很多人失敗嗎？」

「當然有！」

「這樣好殘忍。」

「別對自己的爸爸沒信心，一切都還沒開始呢！」

「是啊！要有信心！」詠心聽到製作人這麼說，又把雙手放到了雙頰邊，捧起了她向日葵般的臉蛋：「嗨！加油！」

主持人之一是詠心很喜歡，也是目前人氣很高的安安姊姊，她忍不住多看了她一眼。詠心覺得安安姊姊比電視上看到的還要漂亮，可是，和印象中不一樣的是，私底下的安安姊姊並沒有露出她永遠那麼甜的招牌笑容。

明峰將ＤＶ錄影機交給了製作人，裡頭有這一個星期爸爸的勤勉和努力。製作人轉交給助理安亞，請他等會兒播放。

再過十分鐘就要錄影了。

詠心又跑了一次廁所，這已經是今天以來的第五次了。

從廁所回來的時候，詠心遇到了女主持人安安。

「安安姊姊？」

「妳是？」

「我是今天來參加的幸福家庭。」

「喔，祝你們成功。」

詠心笑了，安安也笑了。

回到攝影棚，導播正在確認最後的狀況，然後，他大喊著：準備，二號機，好，五、四、三、二、action。

現場的掌聲響起。

司儀用嘹亮的聲音介紹著：「讓我們歡迎『幸福一家人』節目主持人——吳宣一、初舒安。」

掌聲又響起一次。

吳宣一和初舒安向大家敬禮：

「各位觀眾朋友大家好，我是吳宣一。」

「我是初舒安。」

「歡迎收看『幸福一家人』。」

「HAPPINESS！」

這是這個節目固定的開場，男女主持人笑得好燦爛。

吳宣一說：「又到了幸福一家人的時間，安安，妳知道嗎？連我的家人看了這個節目，都很想報名來參加。」

「好啊好啊，下一次就來做你的特輯，看看任務要不要學蜘蛛人飛簷走壁。」

吳宣一笑著說：「只可惜，報名表如雪片般飛來，不知道我何年何月才能幸運的被抽中了。」

「是啊，報名的觀眾朋友愈來愈多了，今天不知道又是哪一個幸福的家庭要上場呢？」

吳宣一看看手心中的名片：「喔，這一集我們抽中的家庭住在永和。是由一個六年級小朋友潘詠心所寄出的報名表。」

安安說：「現在，我們就請他們全家人出場。」

在場觀眾給了他們熱烈的掌聲。

他們出來站成了一排，詠心緊緊挨在姊姊的身邊，覺得好緊張。

19 祕密揭曉

主持人簡單地向每一個人做了訪問。並且特別問了詠心：

「妳是潘詠心？」

「是。」

「是妳寄出的報名表。」

「對！」

「聽說妳寄出報名表，家人並不知情，還差一點把我們執行製作人給趕出家門，是嗎？」

「嗯！」詠心不好意思地點點頭。

吳宣一轉而問爸爸：

「現在想起來有沒有一點後悔？」

爸爸點點頭，說：「有！差一點失去這個難得的機會。」

主持人問媽媽：「爸爸這個禮拜有沒有認真練習？」

「有，非常努力！」

主持人又說：「現在我們先來看看製作單位到他們家拍攝的情況，以及他們選擇的獎品。」

現場的螢幕播放了一段VCR，之前明耀製作人和安亞到家裡來拍攝的影帶已經經過了剪接和後製。

詠心偷偷看了一眼大螢幕，發現螢幕上出現自己的影像，還真是有點兒不好意思，她害羞得臉都紅了。

影像一開始是安亞爬五樓氣喘吁吁的模樣，他對著鏡頭說：

「這戶人家沒電梯，扛著攝影機爬五樓，累死我了。」

這是明耀製作人用另一台DV先拍攝的。接著，他們來到了大門口，按下門鈴。

「家中的擺設很簡單，三房兩廳，」攝影鏡頭大致環繞了一下，「他們去年底剛搬過來。」

緊接著的畫面是為每一個人做了簡單的介紹。

「父親潘維剛，現年五十三歲，去年初從某公司退休，打算再發展事業的第二春，我們祝福他。」

「母親許錦霞，專職的家庭主婦，閒暇時會縫布包，貼補家用。」

「大哥潘明峰，二十三歲，剛退伍不久，現在在食品公司當送貨員，也在大賣場兼一份工，很勤奮的年輕人。」

「大姊潘詠慧，十七歲，就讀高二，是個高材生。哇！還曾經領過市長獎，真是優秀。」畫面停格在姊姊國中畢業時，領市長獎與市長合照的相片上。

「老么，潘詠心，就讀小學六年級，是個可愛的小女生。」

「嗨！」影片中的詠心把手掌放在臉頰兩邊，大大的眼睛，圓圓的臉蛋，很是開朗。

「這是她常常裝可愛的表情。」

現場觀眾都笑了。

影片暫時告一段落。

主持人初舒安說：「這個家庭的成員看來滿簡單的，不知道他們想要什麼獎品？」

吳宣一說：「希望他們要的獎品也簡單一點，這樣我們製作單位可以省一點。」

哈哈！觀眾笑了。

吳宣一也笑了：「開開玩笑，來，我們現在就來看看VCR！」

影片中，他們一家人聚精會神的討論著。最後媽媽選擇了一台全自動洗衣機，影片還在全自動洗衣機上特寫了一番，就是這一台價值二萬五千元的多功能全自動洗衣機，爸爸體恤媽媽手洗衣服很辛苦，特別要慰勞她。我們聽一段媽媽的話：

「孩子的爸，謝謝你答應為全家人努力，你一定會成功的，加油！」

「哇！多麼幸福又甜蜜啊！」

「接下來，大哥選擇一輛一二五的碟煞摩托車，大哥現在都搭車去工作，選擇一輛摩托車果然很有必要，現在我們來聽聽他想對老爸說的話。」

「爸爸，您一定沒問題的。」

「換女生了，高材生潘詠慧想要一台電腦，是，電腦是現代家庭必備的工具，現在學生沒有電腦，查起資料或做文書處理都很不方便，希望這一台電腦，他們也可以帶回去。」

詠慧說：「爸爸，很抱歉，我都沒有好好關心您，但您在我心目中，一直都是最棒的。爸爸，加油！甘八爹！」

鏡頭帶向了爸爸，做了一個特寫，爸爸盯著螢幕，聽著女兒對他說的話，微微點了點頭。

「果然是非常感性的一段肺腑之言，女兒貼心啊，連日語都出動了，老爸，您就加油吧！」

「最後是寄出這張報名表的潘詠心，我們來看看她想要什麼？」

「原來她要一台多國語言翻譯機。」

「好，現在我們來結算一下，媽媽的洗衣機二萬五千元，哥哥的摩托車五萬二千元，姊姊的電腦三萬元八千元，詠心的多國語言翻譯機一萬元。最後是執行任務的老爸，他真的會選擇家人建議的七萬五千元的按摩椅嗎？」

「沒想到，爸爸竟然搞神祕，要工作人員到房間裡去？他到底要做什麼呢？」

進到小房間以後，爸爸說：「我想選這一件——五天四夜環島食宿免費旅遊套票加主題樂園門票。」

配音員極盡誇張的叫了一聲，顯得很不相信。

「可是……您的家人刻意保留金額，就想您選多功能電動按摩椅。」

「太浪費了，何況我的身體好得很，不需要啦。」

扣掉五天四夜的環島食宿免費招待旅遊券五人份六萬元，爸爸還幫每個人選了一樣獎品，他幫媽媽選一個腳底循環按摩機，幫大哥選一支手錶，幫詠慧選一張書桌，也幫詠心選了跑步鞋以及她夢寐以求的mp4。總價值正好二十萬元。

爸爸說：「錦霞、明峰、詠慧和詠心，爸爸以前像塊木頭一樣，從來也沒有帶全家人去度過假。每當你們向我撒嬌或抗議的時候，我都會告訴你們：『等以後再說。』以前真的很忙，總以為賺錢打拚事業才是我的責任，可是現在，我有時間了，卻常常心情不好，或者精打細算，捨不得花錢，這一次，就讓老爸好好補償一下。老爸會努力的，老爸想帶全家人一起去走走。」

「爸爸！」

看到這段神祕的影片，媽媽哭了，這一個禮拜，原來爸爸這麼辛苦都不放棄，不是想證明自己還有能力，是為了全家。

明峰、詠慧和詠心也很難過，他們只想著自己，但爸爸卻連一樣給自己的禮物都沒挑，他想的是全家。

之前還很搞笑的主持人安安這一下也笑不出來了：

「宣一，真的很感人喔！」

「是啊，這個爸爸很偉大。」

爸爸接過了麥克風，他說：「沒有，我一點兒也不偉大，我的家之前的氣氛很糟，一點兒也不和樂，都是我造成的，我覺得很抱歉。」

家人覺得爸爸很勇敢，好面子的他，竟然願意在全國都看得到的節目中這麼說。

吳宣一有感而發：「我想，這個家庭給了我們很好的借鏡，能夠彼此關心，站在別人的角度想一想，整個家庭的氣氛都會很不一樣。好，現在我們就來看看你抽出的題目以及你練習的情形吧。」

20 只有一分鐘

螢幕上又再度播放安亞第二度到詠心家拍攝的畫面。

當主持人安安知道題目是一分鐘內引燃火苗時，忍不住問：

「這……會不會太難了。」

吳宣一說：「是有點難度，不過你也知道，我們這個節目所訂的任務向來都是具有挑戰性的，天下沒有白吃的午餐，這個道理，相信大家都懂的。」

「各位現場來賓以及電視機前的觀眾朋友，到底，潘維剛先生能不能達成任務呢？獎品現在都已經推出來放在他們的身後了，到底，他們能不能將所有的獎品通通帶回家呢？緊張緊張，刺激刺激，廣告之後，馬上為您揭曉。」

當然，現場錄影沒有廣告可以看，到時候拍攝的影帶都會再經過剪接，這時，錄影中斷了十分鐘，讓主持人休息一下、補妝一下，也讓現場的道具組再準備一下。

十分鐘後，導播喊了：準備，好，看一號機，五、四、三、二……。

吳宣一笑著說：「歡迎再度回到現場。」

安安接著說：「我們馬上要進行的是一分鐘考驗的單元。」她轉身問：「潘爸爸，有沒有什麼話想說？」

爸爸深呼吸了一口氣，對著麥克風說了簡短的兩個字：「加油！」

「此刻，潘維剛的家人一定很緊張，有沒有什麼話要再跟爸爸鼓勵一下？」

兄妹三人說：「爸爸，我們都支持你。」

媽媽沒有說話，她只是握了一下爸爸的手，千言萬語，都在裡頭。

主持人安安說：「不知道為什麼，我好緊張喔，爸爸你加油唷，祝你成功。」

吳宣一說：「好，最緊張的時刻來了，請潘維剛的家人到一旁等待。」

現場播放了一段懸疑的音樂當背景，更增添了緊張的氣氛和對未知的疑慮。

非常有經驗的吳宣一掌握了這個氣氛，他問：「好，潘維剛先生，現在的心情如何？會緊張嗎？」

爸爸表情專注，「有一點！」

「好，祝你成功！現在木頭就在您的前方，所有用具也在您身旁，準備好了嗎？」

「嗯！」

「好，注意，現場的來賓及電視機前的觀眾朋友，潘維剛已經準備好了，到底他能不能挑戰成功呢？答案馬上揭曉。現在，讓我們一起來倒數計時：十、九……四、三、二、一！」

「爸爸加油！爸爸加油！」詠心忍不住喊了出來。

連一向很矜持的詠慧也受到感染，跟著詠心一起聲嘶力竭的喊。媽媽從頭到尾都很緊張，她的雙手合起掌來緊緊交握著，有部分因素也是在禱告吧。

攝影機一方面要緊盯爸爸的所有挑戰過程，一方面要關注家人及現場來賓的表情及反應，一方面也要注意計時器。

小小的攝影棚內，一切靜寂，在赭紅色布幕的背景烘托下，萬眾矚目的父親就站在舞台中央。

站在父親對面的詠心緊咬著下唇，盯著老爸，盯著計時器，為爸爸加油後，她在心裡狂喊著：「拜託！拜託！時間啊，請你走慢一點。」

時間彷彿聽不懂她的祈求，滴滴答答，一分一秒也不停留。

爸爸的雙手努力的搓動著，他的額頭在沁汗，他的雙手在沁汗，他用盡全身的力量使勁地在拚摶。爸爸的心中只有一個念頭：

「只有一分鐘，只有一分鐘，我要趕快，我要加油！」

詠慧喃喃自語：「可以的，可以的，爸爸，您一定可以的。」

明峰顧不得現場有多少人，他將雙手圈在唇邊，使勁的喊：「爸爸，加油啊！爸爸，加油啊！」

他突然想起好小好小的時候，爸爸來參加他的運動會，當他在六十公尺競賽邁著小腳步奮力往前衝的時候，爸爸也是這樣對著他喊：「加油啊，兒子，加油啊！」

詠心看著爸爸，又關注著時間，三十秒了，還是一點動靜也沒有。怎麼辦？怎麼辦？

三十五秒，四十秒，四十三秒，四十七秒……

終於，在第四十八秒的時候，木頭冒煙了，爸爸迅速的把麻絲線拿來，在冒煙之處點燃，接著他奮力轉動手臂，不停旋轉，不停旋轉，一圈兩圈三圈四圈……，像快速引動的摩天輪，將帶著全家轉向快樂幸

福的一方。

點燃了，點燃了，火焰燃燒起來了，「哇！」現場觀眾全都感到不可思議，他們又驚又喜。

爸爸把火焰丟進鐵桶裡去。詠心、詠慧、明峰和媽媽這時全都衝進場內，他們一起擁抱著父親，圍成了一個圓。他們歡欣鼓舞地跳著喊著，雀躍的他們全流下了欣喜的淚水，連一旁的安安也受到了感染，流下了感動的淚水。

皇天不負苦心人，爸爸成功了。

詠心只覺得耳朵接收到的聲音亂烘烘的，她感覺到全世界的人彷彿都在為他們喝采，尖叫，歡呼，掌聲……，那歡笑久久久久都沒有散去。

起火了，真的起火了，詠心相信爸爸做得到，但沒想到這一刻的滋味竟如此美好！這一刻，她摟著父親，真的覺得萬分驕傲，她的爸爸，真的辦到了，真的辦到了。

她陶醉在那一刻的幸福裡，感覺到自己有多麼幸運、多麼榮耀。是的，爸爸一星期來日夜付出的苦心確實沒有白費。她的眼淚不聽使喚地汩汩流下來，但她並不想抹去它，她太高興了，因為她的爸爸，他真的辦到了！

21 時間的考驗

但漸漸地，攝影棚裡像一大塊融化的冰，一寸一寸地，漸漸沉寂下來。這讓依舊圍在中央擁抱在一起的一家人，不得不分散開來瞧個究竟。父親首先意識到情況不對，他轉過頭接觸到主持人不安的眼神，吳宣一和安安拿著麥克風，杵在那兒，一副欲言又止的模樣。

發生什麼事了嗎？

主持人安安跑進來摟住詠心，但她馬上把頭撇了過去，眼裡還泛著淚水。

父親機警地回過頭，看計時器。這時，吳宣一也在猶豫後跨出步子，走了過來向爸爸示意，舞台背景上方的大型計時器上面正清清楚楚的標示著：

是的，沒錯！這意味著剛剛全是空歡喜一場，詠心的父親並沒有通過考驗，他超過了時間，僅僅超過——兩秒鐘！

不！詠心真希望這不是真的。

兩秒鐘，什麼事都很難完成的兩秒鐘卻可以將一個歡樂的家庭瞬間推向冰點，宣告失敗?!

觀眾席上響起了一個聲音：

「再給他一次機會。」

「再給他們一次機會！」

聲音愈來愈大，附和的人愈來愈多。

場面開始有些混亂，面對有些失控的現場，製作人指示錄影暫時中斷，他將召集執行製作、導播及主持人一起開一個臨時會議。

詠心一家再度被安排到一旁休息，爸爸面色凝重，詠慧瞥見他的手還有些因過於激動後的顫抖。

詠心很想拜託他們不要抹滅父親的努力，詠心很想祈禱老天爺，求製作單位給他們全家一個好的結局，但她現在什麼也不能說。她不敢想，她一點把握也沒有，詠心很擔心，他們開完會會討論出一個不好的結果。她其實還沉浸在方才互相擁抱、互相感染的喜悅中。

一切，彷彿不是真的。

主持人、導播和執行製作決定先倒帶看重播，以再次確認計算的時間是否有錯？如果是工作人員稍微按得慢一點，那當然沒後續問題，他們就是成功。

時間雖然僅差二秒，結局卻是截然不同，截然不同！

他們聚在一起看帶子，詠心看見安亞搖了搖頭，會是不好的結果嗎？

不知道為什麼，同樣是過時間，現在卻有如一個世紀那麼久。

在緊繃的焦急與等待中，製作人終於向詠心一家人走了過來。

他深深地一鞠躬，歉然地說：

「很抱歉，經過我們剛剛詳細的確認及彼此的討論後，你們這次的任務並沒有成功。真的很抱歉！」

他鞠了一個躬後，又繼續說：「但你們的精神讓我們很感動，真的，很希望下一次你們還可以再來挑戰。」

製作人再次行了九十度的禮，並第三度小聲的說了聲：「抱歉！我們必須要公平，請你們諒解。」

詠心一聽，嚎啕大哭起來：

「為什麼？為什麼會是這樣？」

主持人安安過來安慰她，勸她別難過。

可是，怎麼能不傷心呢？爸爸那麼努力，就只差那麼一點點。她開始怪起自己來了，如果當初她不要寄什麼報名表，爸爸就不用去面對這些了。

接著，製作人向現場的觀眾解釋，這個節目從開播到現在，輸就是輸，贏就是贏，機會只有一次，沒有放水，沒有重來，這就是比賽，這就是現實！

是，爸爸必須說服自己，這就是比賽。

就算結果只差零點一秒，也是輸。

他起身，和執行製作人明耀說：「沒關係，我接受。」雖然他的表情看起來是那麼痛苦，但他還是這麼說。

詠心卻很不能認同，她對明耀製作人喊：「明耀叔叔，為什麼您們要這麼殘忍？」

詠慧很堅決、很肯定：「我爸爸他真的很努力！」

「我們知道！我們知道！」明耀製作人點點頭，現場的工作人員也點頭。

導播要他們擦擦眼淚，必須為這一集做一個ending（結束）。可是，詠心難過得說不出話來，明峰和詠慧則是氣得說不出話來。他們也不是氣製作單位，而是氣這個結果，氣這個結果那麼令人惋惜。

說實話，他們這項任務，一點兒也不容易啊！

六千多年前，人類還處在一個事事摸索的階段，他們沒有衣服穿，他們吃生冷的食物，直到有一天，燧人氏看見啄木鳥正在啄樹幹，要捉窟窿裡的小蟲子吃，可是蟲子鑽得很深，啄木鳥的嘴巴搆不著，只好往深處啄，啄啊啄，冒出了濃煙火種。燧人氏看到這樣的情形，得到了啟發，於是開始鑽木取火。

火的發明讓人類走向文明，結束了茹毛飲血的生活。可是，那已經是遠古以前的事了啊，爸爸身為二十一世紀的現代人，從小到大，他都是用打火機，再小一點吧，可能偶爾用過火柴棒，要在一分鐘之內鑽木取火，談何容易？

爸爸這樣，已經非常了不起了。

可是，主持人吳宣一還是說話了：「很遺憾，這一集就差那麼一點點而沒能成功，但我一直以為，有遺憾才有可能圓滿。我個人要祝這一家未來事事順心，和樂平安。最後，不知道家人有沒有什麼話要說？」

媽媽接過麥克風，很意外，平時很柔弱的她，遇到這樣的結果卻沒有哭，她反而神色淡然的說：「孩子們，比賽本來就有輸有贏，不要太在意。爸爸的努力你們都看到了，這才是最重要，也最值得驕傲的。」

「爸爸呢？有沒有話想說？」

爸爸哽咽著，他說：「很抱歉，老婆、孩子，我不能達成你們的夢想，不過，這一個禮拜你們真的給了我很多，很多無形的東西豐富了我，謝謝你們，也謝謝詠心報名了這項活動。」

已經補好妝的安安恢復了她的鎮定，她說：「真的很希望，你們以後還可以再回來！」

最後，鏡頭拉回到吳宣一和初舒安的身上。他們並排站著，將為這次的節目劃下一個休止符：

「各位觀眾：我是吳宣一。」

「我是初舒安，安安。」她又恢復了招牌的笑容。

「祝您們闔家快樂、平安。『幸福一家人』，我們下周再見！」

「Bye Bye！」

散場的音樂聲響起，錄影結束了。很多現場觀眾走近前安慰他們，鼓勵他們，除了媽媽能夠微笑面對以外，其他人只是腦筋一片空白，不知該說什麼。

走出攝影棚的大門，爸爸輕聲地向大家說了句：「對不起！讓大家失望了。」他的聲音很低，但詠心聽得很分明。

從詠心懂事以來，她從來就沒有聽過爸爸道歉，爸爸一直是那麼的……剛強。

大哥趕緊搖頭，表示不打緊；詠慧的淚水又不聽使喚地滴落在人行道的紅磚上，一顆顆，晶瑩透亮的；詠心則又再次怪起了自己，不知道自己沒事找事，投報名表做什麼！

但她又想，任何人還是都別再說抱歉了吧，她心裡頭的抱歉不會比爸爸少啊，這件事，就到此為止吧！

22 轉變

往後的一個星期，家裡沒有人再去談起這件事。爸爸又回到了應徵找工作的生活模式。不過，很明顯不同的是，家裡的聲音變多了。

頭幾天，爸爸竟然很不習慣不必搓木頭，當媽媽要開瓦斯爐的時候，他告訴她：

「錦霞，妳等一等，我來鑽木取火，別忘了家裡還有明峰買的一塊木頭。」

「你搓上癮了啊？你還是饒了我吧。我比較想當個現代人，這麼輕輕一轉動，就有火。你看，真是感謝時代的進步啊！」

爸爸搓著手，說：「我覺得有一件事可以讓我這樣傾盡全力，感覺滿好的，很久沒有這樣的感覺了，我很想再找下一件事情做做。」

「你那麼閒可以幫我做家事啊？」

話一說完，媽媽好像意識到自己說錯話了，她趕緊瞄瞄爸爸，以前她如果不小心說到「閒」、「沒事做」這樣的字眼，爸爸總是很敏感，一下就生氣，賭氣回到房裡去。

那時候，面對維剛翻臉像翻書一樣快的脾氣，媽媽總是戰戰兢兢的，深怕自己會說錯話。

「妳怕我生氣？」爸爸笑著問。

媽媽沒回答，顯然在觀望，也在默認。

爸爸說：「很奇怪，搓了一個禮拜的木頭以後，我的脾氣好像也磨得差不多了。現在我的手真的很想動一動，我來檢查看看家裡哪裡髒，來清理清理好了。」他挽起袖子，當然沒看到媽媽滿意地在偷笑。

媽媽說：「維剛，其實你所追求的，是『被需要』。」

爸爸答：「我知道，這種感覺……很好！」

吃晚飯的時候，爸爸也變得不一樣了：

「詠心，妳怎麼那麼安靜啊？」

詠心睜大了眼睛，她問：「爸爸，您不是叫我吃飯的時間不要講話嗎？」

「沒關係啦，聊聊天可以增進感情啊！」

「解禁囉！」詠心笑了，她握著筷子，把拳頭放在耳朵上。「我想想，那……我就講一個馨恬今天問我的問題好了。」

「好啊！」

「請問，大樹和小樹差在哪裡？』

爸爸說：「大數、小數，這是數學題目呢！」

詠心搖搖頭，說：「才不是。」

爸爸一連猜了幾個可能，詠心都說不對，「那我公布答案囉，是插在土裡！大樹小樹插在土裡。」

詠慧皺了一下眉：「喔，冷！」

沒想到詠慧覺得冷的笑話，爸爸竟然笑得樂不可支，他一直笑，一直笑，那笑聲真是響亮。

看到反應不錯，詠心緊接著又問：「那我再考你們一個，超人為什麼要穿很緊的衣服？」

「因為很帥、方便……」爸爸又想了好幾個答案。

詠心小大人似的搖著頭，「時間到！公布答案，正確的答案是……」她靠近老爸的耳邊，用一種像講悄悄話的姿態但卻大家都聽得見的音量說著：「超人穿很緊的衣服是因為——救・人・要・緊！」

詠慧一臉不屑，她說：「請問現在是到北極了嗎？網路上的冷笑話還在問，我看我去穿大衣好了。」

沒想到這一次爸爸甚至笑得岔了氣，不停咳起來。

詠慧不解：「真的有那麼好笑嗎？」

爸爸點著頭：「你們不覺得很好笑嗎？我都沒想到這個答案，哈哈哈，太好笑了！」

媽媽說：「看看你，吃飯要人家說什麼笑話，萬一噎到怎麼辦？」

爸爸咳得臉都紅了，好一陣子才和緩下來。

詠心很有成就感，她第一次逗得爸爸如此開心。

媽媽則是覺得爸爸一定平常壓力大、過得太悶，才會連兩個小小的腦筋急轉彎就反應那麼誇張。

從那次以後，爸爸常會問詠心，學校又發生了什麼事？他好像對自己的工作變得不是很在意。而且，他變得挺忙碌，他從搓木頭，改成削木頭，學會如何做檀木筷子，檀木筷會飄散出一股清香，聞起來非常舒服。

詠心來到父親身邊，忍不住說：「哇！好香啊！是說——爸爸，」詠心悄悄的說：「您為我們削這些木頭筷子，不急著去找工作啦？」

爸爸笑了，他看著筷子覺得很滿意：「這可是我自己動手做的呢！給你們一人一雙，真金哪比得上真心啊！」

不削木頭的時候，爸爸還會煞有介事的畫起農場的平面配置圖。

「來來來，看看我的設計圖初稿。」

他指著農場園區配置圖，興高采烈的說：「這一塊是停車場、這裡是餐廳，這一條步道呢，打算規畫做商店街，我還打算設一個DIY教室，讓你們媽媽在這裡教手藝，讓遊客可以自己動手做，帶一些作品回去……」

還沒說完，詠心插話了：「爸爸，我要遊戲區和烤肉區。」

「很棒的提議！」

詠慧說：「最好在青青草園旁邊還有泥巴區，打泥巴仗不但好玩還可以發洩情緒，還要有小動物園，再造一座人工湖，一定很完美。」

爸爸說：「好好好，大家的願景都很美好，會納入考慮。最重要的就是主題農場和花海區了，我們一定要種一大片的花，看過去，一望無際。」

媽媽說：「好浪漫啊，要種什麼花好呢？」

詠心搶答：「當然是向日葵囉！我們來蓋向日葵農場。」她轉過頭問大哥：「好嗎？」

大哥很感動，他沒想到全家正這麼熱烈的在討論他的夢想，想為他重拾他青春的想望。而這個夢想並非遙不可及，父親在郊外沒有賣出的農地，正好可以付諸實行。他現在需要的就是資金以及技術了，畢竟要能形成花海，苗圃也是得培育的。

父親鼓勵他，有夢就去追吧，去攀向人生的下一個高峰。因此，他決定再鼓起勇氣，去研讀「園藝暨景觀研究所」。

「爸，我會加油，我這次一定會做好。」

爸爸說：「我知道，那是你的天賦，你一定會好好發揮的。」

而詠心在家又多了一份工作，她現在可以說是家裡的播音員，每當她有話要說，總會先這樣：

噹～噹～噹～噹！

潘詠心報告，潘詠心報告！今天晚上七點鐘將在大廳舉行家庭聚會，請務必準時參加，請務必準時參加。

噹～噹～噹～噹！

23 意外的驚喜

一個月後，詠心全家錄製的那集節目就要播出了。

這當中，他們也看過其他集，有通過的，也有失敗的，題目的種類繁多，但都有一定的難度，有在十公尺外用撲克牌削斷小黃瓜的，有用錢幣疊成金字塔不倒下來，也有投籃算命中率的。看到有些家庭抽到的任務公布時，詠心還是會忍不住喊：

「好好喔！這個比較簡單！」

「好了啦！詠心，事情都過去了。」媽媽說。

爸爸也同意：「你看別人當然比較容易啊，但相信每一項任務都有每一項任務的難度！」

現在，他們的節目要播出了，詠心倒猶豫起來，不知道是看比較好，還是轉台比較好。

從那天錄影結束，家裡就沒有人再去提起這件事，就是後來爸爸懂得自我解嘲，也已經是兩個禮拜以後的事了。

那一天，詠心忍住了沒有開電視，她想，事情就這樣過去吧，別再觸景傷情了。

但隔天，她一整天都成了全校的大紅人，同學七嘴八舌的跑來告訴她：

「詠心，我昨天看到妳上電視耶，妳爸爸真的好可惜喔。」

「詠心，我媽媽看到最後，哭得淅哩嘩啦，一把鼻涕一把眼淚的。」

連老師都跑過來詢問她：「爸爸後來還好吧？」

同班的，其他班的；同年級的，其他年級的，都在下課時間跑過來，趴在窗外、站在門口，像看動物一樣的看著她，指指點點。

其中葉大豪走過來問她的問題最奇怪：

「妳有和初舒安說話嗎？她本人和電視上一樣漂亮嗎？妳有請她簽名嗎？」

詠心說：「你是她的粉絲？」

「嗯！」

「她有和我說話，也有和我握手！」

沒想到葉大豪聽到詠心這麼說，連忙害羞的伸出右手：「那……我也可以握妳的手嗎？」

詠心嚇得倒退一大步，「你發神經啊？」

「她握過妳的手嘛，我如果再握妳的手，就等於我也握到她的手啦！」

「你這是什麼奇怪的邏輯啊？我早就洗掉了，你清醒一點好不好！明星還不是跟我們一樣，都是人。」

詠心想起第一眼看到安安姊姊的時候，她並沒有笑，反而很嚴肅，可是她在大家的印象中，在每一次的鏡頭前面，都是笑容可掬的。詠心想，明星也是人呢，有時候當個被塑造的明星還真辛苦。

「是啦！可是她是我的女神。詠心，快告訴我，妳那張報名表是從哪裡拿的？我也要去參加！」

喔，真是讓人受不了！

經過頻繁的被詢問，詠心開始擔心，她後來嚎啕大哭的模樣有沒有被播出來？那真是令她忐忑不安。

不過，也不必忐忑不安了，蔡大勇的一句話馬上就給了她解答，他一本正經的說：「潘詠心，我是很替你們家感到惋惜啦，可是……妳哭得好醜喔！下次，還是要留意一下形象啦，哇～～」他瞇起眼睛張大嘴，學詠心嚎啕大哭起來。

豬頭，果然是毒舌派的蔡大勇，詠心毫不客氣，賞他一記拳頭。誰叫他，一句好話也沒有。

蔡大勇邊跑還邊喊：「喂！我是好心提醒妳耶！」

「豬～腦～袋！」詠心也大聲回應他。

蔡大勇的回應說明了某些人的心聲，詠心決定回家看重播。「哼，我就看看到底有多醜？」家裡剛好一個人也沒有，她伸手把胯下的椅凳拉到距離電視螢幕不到一公尺的地方，就這樣，眼睛沒離開過。

看著畫面，那記憶還是分外鮮明。

節目是經過剪輯的，可以很清楚地對照螢幕左下方的計時器。時間果然並不留情，每一秒鐘都在追趕著你。當看到爸爸在四十秒鐘內用力摩擦木頭，傾盡自己全身的力量去和時間，去和未知搏鬥時，詠心又是一陣心酸。

「爸爸，您知道嗎？我真的為自己有這樣的父親感到驕傲，您是這麼樣努力地想完成全家人的夢想。」

當爸爸看到白煙冒出來，可以即刻點燃時，那臉上的神情，彷佛……彷佛老天爺告訴他，所有的困難都可以迎刃而解，所有的煩惱都可以煙消雲散。

「爸爸，謝謝您。」

盯著螢幕，詠心喃喃的說，這句話，是發自心底最真切的聲音。

節目播出後，他們全家人像成了名人，就像詠心在學校受到的矚目，她的媽媽上菜市場、哥哥去上班，姊姊在學校……全都受到了關注，爸爸更是成了明星，連好久沒和爸爸聯絡的朋友和同事，都打電話來慰問。這情形真是他們壓根兒沒想過的。

更讓人意外的還在後頭。

兩天後，詠心一家接到了製作單位打來的電話。

原來這一集的收視率相當高，平均有七點八三，表示同一時間有將近三百萬的人在收看，收視最高點更達到九點二五，落點就在全家欣喜擁抱在一起的時刻，以及製作單位開完會，仍然宣布任務失敗的那一刻。

網路上，有人將影片上傳，短短幾天竟然被瘋狂點閱達到一百二十萬人次，甚至還因為如此上了晚間新聞。

一夜之間，爸爸成了明星，全家人瞠目結舌！

一分二秒。觀眾對這個時間的反應相當激烈，好多人投書，說節目太過殘忍，他們實在不忍心看到這麼努力，卻只差一點點就能過關的人沒有好的結果。

詠心也明白，努力不一定能成功。

沒想到製作單位卻開心的告訴他們，有知名的主題樂園主動聯絡，將招待他們全家免費旅遊，另外，平面媒體想進行採訪，觀光局更為了推動「親子悠遊，闔家樂活」的活動，將邀請他們一家擔任代言人，請他們拍攝一系列闔家出遊齊步走的廣告。

原以為事情已經告一段落，沒想到，結束才是另一個開始。是爸爸的努力，讓他們有這樣意外的結局。這就叫失之東隅，收之桑榆嗎？一切真是始料未及。

一直以來，爸爸其實像塊木頭，他不知道該如何去表達他自己，在尋找火源的過程中，不自覺地點亮了自己心中的光亮，並漸漸的將溫暖帶給了家人。那些素昧平生的觀眾，就是單純的，被他所散發的熱力所感動吧?!

就像畫一個圓，奇妙又美好的是，一切從自己身上付出的，又回歸到了自己。

嚐～嚐～嚐～嚐！

潘詠心報告，潘詠心報告！今天晚上七點鐘將在大廳舉行家庭聚會，請務必準時參加，請務必準時參加。

嚐～嚐～嚐～嚐！

對話（後記）

在生命當中的每一天，我們不停的在對話，和周遭的人們對話、和流轉不定的環境對話，當然，也和自己對話。

不知道，你的每一次語境是否都能暢通無阻？單就人而言，有些人的頻率特別一致，他們很容易成為莫逆，成為難得的知音；但也有一些人，嘗試要有交集，卻仍然漸行漸遠，無奈的是，他們又沒有辦法抽離，毫不眷戀的形成平行線，因為某一種關係，也因為某一種緣分，例如：一家人。

大多數的人從小都期待有著幸福的家庭，但身為家庭中的一份子，卻不見得願意去改變，或者去釋放更多幸福的光能，於是，家庭要美滿幸福就成為了童話，成為並不容易達成的一件事，甚至家庭問題也陷入了無解的窘境。但我們仔細觀察，在孩子們的世界裡，他們也會爭吵，但為什麼他們總是很容易就和好？那麼，放不下身段，永遠端著自己架子的那一個身分，又是誰呢？每一個大人不都是孩子長成的？究竟是什麼讓他們在一路成長的過程中變得不容易妥協了？是什麼要比柔軟自己的身段更重要了？

我個人認為這是一部談心理輔導的作品，我並不阿Q的期待它可以改變多少關係正不圓融的家庭，但我很想告訴每一個讀這部作品的孩子，有一天，你也會成為大人，你也可能組織一個家庭，是不是可以依然保有可貴的童心伴著你成長。和我很熟悉的人都知道，我的心裡其實就住著一個小詠心，也許我的外表不像，但我的確有非常開朗及可愛童真的一面，遇上了挫折，我也會失落，但只要一點點安慰、一點點時間，一點點發洩，很快地又雲淡風輕。

「每一天，都是新的一天」，我曾帶著這句話保有樂觀的性格及正向的思考，讓我充分理解到與自己內心和諧的對話有多麼重要，怡然自得的生活態度及心境將與接收美好的生活產生多麼重要的聯繫。我相信你的心中也住著一個小詠心，你也可以散發你心中小太陽的熱力，去改變一些什麼，甚至帶來一些你從來也沒有預料過的化學反應。

好好的去對話吧，換個角度思考，這世界甚至宇宙就是一個家，你要和誰隔絕，和誰過不去呢？隔絕的終究是自己。

（最後，我想特別謝謝九歌出版社，這部作品在我讀博士班之前就寫了一半，因為讀書時的生活步調太緊湊，完全放下了創作，是九歌的邀約，讓我重新拾起這一份感動，完成了前後將近七年的超級任務，衷心感謝。）

花格子　於二〇一三年十一月

九歌少兒書房 232

我的爸爸上電視

著者	花格子
繪者	王淑慧
責任編輯	鍾欣純
創辦人	蔡文甫
發行人	蔡澤玉
出版發行	九歌出版社有限公司 臺北市八德路3段12巷57弄40號 電話／25776564・傳真／25789205 郵政劃撥／0112295-1
九歌文學網	www.chiuko.com.tw
印刷	晨捷印製股份有限公司
法律顧問	龍躍天律師・蕭雄淋律師・董安丹律師
初版	2014年1月
初版 3 印	2018年7月
定價	**260元**

書號	0170227
ISBN	978-957-444-922-4

（缺頁、破損或裝訂錯誤，請寄回本公司更換）

國家圖書館出版品預行編目(CIP)資料

我的爸爸上電視 / 花格子著 ; 王淑慧圖.
-- 初版. -- 臺北市 : 九歌, 民103.01
面 ;　公分. -- (九歌少兒書房 ; 232)
ISBN 978-957-444-922-4(平裝)

859.6　　102024857